Relembrando os bons
Momentos

Editora Appris Ltda.
1.ª Edição - Copyright© 2023 do autor
Direitos de Edição Reservados à Editora Appris Ltda.

Nenhuma parte desta obra poderá ser utilizada indevidamente, sem estar de acordo com a Lei nº 9.610/98. Se incorreções forem encontradas, serão de exclusiva responsabilidade de seus organizadores. Foi realizado o Depósito Legal na Fundação Biblioteca Nacional, de acordo com as Leis nos 10.994, de 14/12/2004, e 12.192, de 14/01/2010.

Catalogação na Fonte
Elaborado por: Josefina A. S. Guedes
Bibliotecária CRB 9/870

L938r 2023	Lucindo, Paulo Amâncio Relembrando os bons momentos / Paulo Amâncio Lucindo. - 1. ed. - Curitiba : Appris, 2023. 195 p. ; 21 cm. Inclui referências. ISBN 978-65-250-4312-8 1. Poesia brasileira. 2. Exemplo. 3. Amor. I. Título.
	CDD – 869.1

Livro de acordo com a normalização técnica da ABNT

Appris *editora*

Editora e Livraria Appris Ltda.
Av. Manoel Ribas, 2265 – Mercês
Curitiba/PR – CEP: 80810-002
Tel. (41) 3156 - 4731
www.editoraappris.com.br

Printed in Brazil
Impresso no Brasil

Paulo Amâncio Lucindo

Relembrando os bons Momentos

Appris editora

FICHA TÉCNICA

EDITORIAL	Augusto V. de A. Coelho
	Sara C. de Andrade Coelho
COMITÊ EDITORIAL	Marli Caetano
	Andréa Barbosa Gouveia - UFPR
	Edmeire C. Pereira - UFPR
	Iraneide da Silva - UFC
	Jacques de Lima Ferreira - UP
SUPERVISOR DA PRODUÇÃO	Renata Cristina Lopes Miccelli
ASSESSORIA EDITORIAL	Jibril Keddeh
REVISÃO	Katine Walmrath
PRODUÇÃO EDITORIAL	Jibril Keddeh
DIAGRAMAÇÃO	Yaidiris Torres
CAPA	Laura Marques

Dedico este livro a todas as pessoas, em especial à irmã Tereza e à irmã Agnalda, pessoas essas que muito valorizaram meu trabalho e me incentivaram a escrever este livro.

Dedico também à minha sobrinha Clemilda, que muito me ajudou no processo de produzir esta obra.

Sumário

Hoje é o seu aniversário..9
O bom aluno 13
O bom aluno 15
Minha infância 17
Paulo A.U. 20
Poema e entrada de Nossa Senhora 25
Santa Luzia 28
Dia da Criança 31
Criança, nosso futuro 33
É Natal 34
Poesia do Encontro Vocacional - Paulo Lucindo 36
Santa Paulina 41
Pedro 44
Pedro.Es.Paulo 46
A Lésbica 47
Um filho ladrão 51
Ganância por dinheiro 55
Maltrato aos animais 59
Como aceitar? 63
Um pouco do sertão 67
Minha fé 71
Ser pai é dom 75
Tempo de criança 79
Brincadeira sem graça 83
Caso de separação 87
Prisioneiro 91

Um alerta 95

Caso de assombração 99

Como viver nesse mundo? 103

Quando falta água no sertão 107

Os segredos do jardim 111

Visite nossa última morada 115

Um exemplo de um pai lavrador 119

Uma gestação 123

Despedida do Padre Sivaldo 127

Onde terminam os sonhos 131

Baile familiar 135

Os insetos 139

Mãe Aparecida 143

O homem e o desenvolvimento 146

Sonhei com a mãe terra 150

Acredito na juventude 154

Velho Caubor 156

Convite do caipira 159

O cavalo foi professor 162

Você também envelhecerá 166

Devolva o carinho que recebeu 170

História familiar 174

Os animais 178

Homenageando a mulher 182

Quando o Natal vem chegando 184

Trabalho de passarinho 186

Natal de esperança 188

Preciso de liberdade 190

A vida que eu vivi 192

Hoje é o seu aniversário

Hoje é o seu aniversário
Mais um ano você completou
É motivo de muita alegria
E que viva a paz e o amor
Mais um ano surge pela frente
Nesse calendário de luz
Cada passo que der nessa estrada
Ficará mais perto de Jesus

Seus amigos sorrindo contentes
Todos querem te felicitar
Ansiosos para dar-te abraço
E centenas de anos desejar
Ver você apagando a velinha
Aos amigos isso faz muito bem
Que essa data sempre se repita
E que vá muito longe além

Essa vela que apaga e acende
São os anos que vão e que vêm
Que outras primaveras se repitam
E que os anjos digam amém
Ao cantar parabéns a você
Envolvemos contigo no amor
Pra te dar toda a felicidade
Que virá de Nosso Senhor

Que a sua família também
Participe da mesma emoção
E que cante junto com a gente
Essa mais singela canção
Parabéns pra você parabéns
Parabéns nessa data querida
Tenha um rio de felicidades
Um barquinho e mil anos de vida

Que os anjos caminhem contigo
Ajudando levar sua cruz
Conduzindo você ao encontro
Do mais puro amor de Jesus
Que você seja sempre guiado
Pelos raios da estrela guia
Que também possa ser uma estrela
Lá no céu junto à Virgem Maria

No viver dessa imensa alegria
Dou os meus parabéns a você
Que Maria interceda a seu filho
Que ele venha pra te proteger
Seja forte, nunca desanime
Nem que o mar possa se enfurecer
Pode estar na sombra de morte
Que Jesus vem pra te defender

Maria de Nazaré
Maria ficou surpresa

Quando o anjo a visitou
Trouxe uma notícia linda!
E ela logo aceitou
Apesar de algumas dúvidas
Disse um sim cheio de amor

Mas ela ficou pensando
Como isso se dará?
Mas o anjo lhe explicou
Do jeito que o pai ordenou
Ela assim sorriu feliz
Pois sua vida mudou

Às pressas pelas montanhas
Maria visita Izabel
Foi um encontro tão lindo!
Que a terra beijou o céu
Jesus visitou João Batista
A abelha encontrando o mel

Foi com essa história linda!
Que Maria se expandiu
Hoje ela é rainha
E padroeira do Brasil
Por isso é que veste um manto
Cor desse céu de anil

Foi no Rio Paraíba
Que ela se manifestou

Sua imagem foi pescada
Isso muito impressionou
Mas após essa surpresa
Mais um nome ela ganhou

Assim ela foi batizada
Com um nome que deu mais vida
Aqui em nosso país
Ela é muito querida
Tem muita gente devota
Da Senhora Aparecida

Ela é mãe do sertanejo
Do patrão, do empregado
Ela é mãe do mendigo
Do pobre a favelado
Não faz discriminação
Todo filho é bem tratado

Na via para o calvário
Ela também caminhou
Não sentiu o peso da cruz
Mas sentiu o peso da dor
Vendo seu filho humilhado
E ela morrendo de amor

O bom aluno

Deixe eu dizer
O que estou pensando agora
Senão me cansa a memória
E eu posso esquecer
Estou pensando
Uma criança educada
Que vive a higiene
Isso é um bom saber

Levanta cedo
Lava o rosto, escova os dentes
Toma o seu cafezinho
Entre outras coisas mais
Confere a bolsa
Material tá completo
Agora vai pra escola
Ampliar seus ideais

Lá no colégio
Usa boa educação
Trata bem os seus docentes
E toda a população
Pede licença
Na entrada, na saída
Isso faz parte da vida
Em qualquer situação

Cumprimentar
Com boa tarde, um bom-dia
Sempre mostrando alegria
E boa disposição
Obediência
Nada custa e vale ouro
Tem mais valor que um tesouro
Conforme a ocasião

Quanto ao dever
Do interior da escola
Nunca use fazer cola
Procure compreender
Não entendendo
Pergunte ao professor
Ele é seu condutor
Pronto pra ajudar você

Lembre: agora
Tarefas que vão pra casa
Prova ser um bom aluno
Nunca deixe sem fazer
Estando em branco
Desagrada o professor
E mostra desinteresse
Falha no seu aprender

O bom aluno

E no recreio
Merenda costuma ter
Não é preciso correr
Na fila tem seu lugar
Ali os pratos
São dados a cada criança
Todos recebem comida
Pra poder se alimentar

Nada de pressa
Não use glutonaria
Coma uma boa quantia
Que o possa satisfazer
Nunca estrague
Não jogue merenda fora
Em algum lugar do mundo
Tem criança sem comer

Feito seu lanche
Devolva o prato na pia
Nunca deixe avvivivia
Lá por um lugar qualquer
Porque vasilha
Pode durar muito tempo
Elas ficam na escola
A outra turma que vier

No fim da aula
Seja um sujeito legal
Vai guardando e conferindo
Todo o seu material
Saia com calma
Esqueça o tal apreço
E evite o tropeço
E coisa de Carnaval

No seu percurso
No caso se for a pé
Procure sempre caminhos
Que tenham bom movimento
Em outras ruas
Pode encontrar um bandido
E por ele atacado
Passa por um mau momento

Mas ao contrário
Se for numa condução
Se senta bem direitinho
E nada de brincadeira
E no trajeto
Não ponha o braço pra fora
Ele pode ir embora
Ao passar numa porteira

Minha infância

Quando de longe
Ouço o som de um berrante
Entristeço meu semblante
Meus olhos começam a chorar
Lembro na hora
O meu tempo de criança
Não esqueço minha infância
Que jamais há de voltar

Minha família
Era uma família pobre
Que vivia trabalhando
Pra poder se sustentar
Não tinha casa
Morava numa tapera
Só vendo como ela era
Pra poder avaliar

Foi toda feita
Com pau roliço do mato
Mas foi dado um bom trato
Meu pai sabia lavrar
Ouço até hoje
As batidas do machado
Pois eu ficava ao seu lado,

Mas lembro bem
Que foi feito com amor
Ali foi muito suor
Que vi meu pai derramar
Nosso ranchinho
Foi coberto com sapé
Em cima uma chaminé
Que é pro fogão respirar

No rodapé
Na parede um buraco
Passagem do cachorrinho
Animal de estimação
Posso dizer
Que nem terreiro a gente tinha
Porque junto à parede
Começava a plantação

A nossa água
Era apanhada na bica
Só vendo que coisa rica
O leite que sai do chão
Nunca faltou
Disso tenho lembrança
Também não tinha cobrança
Eu nunca vi um tatão

Família pobre
Trazia as mãos calejadas

Porque o cabo da enxada
Não é brincadeira não
Mas no ranchinho
Tinha a imagem de Cristo
Também de Nossa Senhora
Que era nossa proteção

Já convivíamos
Com a missa sertaneja
Pois a vida do caipira
Sempre foi uma oração
De manhã cedo
Tinha que pisar o orvalho
Em busca de agasalho
E de alimentação

Faltava estudo
Por isso falava errado
Mas fazia tudo certo
No meu simples modo de ver
Enquanto hoje
Tem um povo estudado
Que fala tudo acertado
Só não sabem
Ou não querem é fazer

Paulo A.U.

Homenagem s catequistas

Outra vez estou aqui
Rabiscando meu papel
Trazendo à comunidade
Um doce favo do mel
Vou falar das catequistas
Que segundo uma perícia
Já têm seus nomes escritos
Em um livro lá no céu

Quando recebo um convite
Não gosto de recusar
Márcia, nossa catequista
Convidou-me pra narrar
E através dessa rima
Eu venho apresentar
Todas as nossas catequistas
Aproveito pra saudar

Vamos receber a Janete
Ela que vem sorridente
Traz a palavra na boca
E as crianças na mente
Ela é como uma mãe
Instruindo inocentes

Trabalha a palavra certa
Por isso vive contente

10/12/17 não foi apresentada.

Nós estamos felicíssimos
Não precisa nem confete
Estamos todos preparados
Para receber Claudete
Catequista dedicada
Que cumpre com seu dever
Nem queira bisbilhotar
Só de olhar ela pra ver

Vamos acolher a Rosa
Que vem com todo o fervor
Funcionária competente
De Jesus Nosso Senhor
Trabalhando aqui na terra
Semeia o carinho, o amor
Será bem recompensada
Pelas mãos do Criador

Aí vem a Jaqueline
Cheia de felicidade
Às vezes se faz criança
Pra viver essa verdade
Suas palavras são flores
Lançadas num campo infantil
Ela e suas crianças
A nota é sempre mil

Agora entra a Pâmela
O sorriso das crianças
Semeia a sabedoria
Enche tudo de esperança
Ensina a boa palavra
Torna a vida mais viçosa
Crianças que pensavam espinhos
Agora vão pensar rosas

Através de seus ensinos
Nos dão um show de lição
Fé, esperança, amor
Exemplo de doação
E luz e felicidade
São palavras de verdade
Coisas de necessidade
Que nos enchem o coração

Em nome da diretoria
Da Madre e Santa Paulina
Comunidade que vem
Acionando as turbinas
Agradeço a todo o povo
Pelo tempo dedicado
Que ao voltarem às suas casas
Sejam bem acompanhados

Agradeço também o convite
Feito pela catequista
A Márcia, que nunca deixa
A gente fora da lista
Gosta de inovação
Faz tudo com muito amor
Será bem remunerada
Pelas mãos do Criador

Catequistas representam
A mãe de Jesus na terra
São elas que nos ensinam
Que paz sempre vence a guerra
São luzes que iluminam
Nossos filhos a caminhar
Quem segue o brilho da luz
Nunca mais t

Poema e entrada de Nossa Senhora

Vem entrando passo a passo
Toda coberta de luz
A Virgem Nossa Senhora
É ela a Mãe de Jesus
Vem trazendo sua bênção
A bênção que nos conduz
Dando-nos força e coragem
Pra carregar nossa cruz

Ela vem como uma estrela
Riscando o céu de anil
Trazendo-nos a certeza
Pra quem vê e quem já viu
Suas mãos conduzem flores
Rosas Santas do Rocio
Coisas lindas perfumadas
Cobrindo nosso Brasil

Ela nos dá a certeza
De que intercede por nós
Dois mil anos se passaram
Ainda ouço sua voz
Presente em vários lugares
Sempre junto ao sertanejo

Por muitos ela foi vista
Sempre em alguns lugarejos

Portanto nós a veneramos
E temos grande respeito
É a mãe de Jesus Cristo
Seus braços é nosso leito
Ela é o meu escudo
Minha força e proteção
É a veia que bombeia
O sangue no coração

É a nuvem que nos cobre
Quando o sol aquece a Terra
E com seu jeito bem manso
Traz a paz em vez da guerra
Tudo o que quer pede ao filho
Pois só ele tudo tem
E possui as mãos abertas
Nada nega a ninguém

Aqui vou finalizando
Com as bênçãos da Imaculada
E convido a todos vocês
Pra seguirmos
A mesma estrada

Uma boa noite a todos
Que durmam firmes na fé
Sonhe com Nossa Senhora
E Jesus de Nazaré

Agora nesse momento
É grande a concentração
São olhares que se cruzam
De irmão para irmão
Aguardamos com carinho
E toda nossa atenção
A entrada tão solene
Da Virgem da Conceição

Santa Luzia

Lá pelo século quatro
Em Siracusa Cecília
Viveu uma linda jovem
Filha de rica família
Prometida em casamento
Mas acho que só de vista
Um sujeito sem futuro
Bem falso e egoísta

Mas a jovem havia feito
Um voto de castidade
E com certeza ao rapaz
Fez saber essa verdade
Ele assim bem-informado
Vendo que a tinha perdido
Usou logo um falso golpe
De jeito bem pervertido

Tempo em que o imperador
Era Diocesiano
Perseguia o Cristianismo
Com seu instinto tirano
O rapaz aproveitou
Não deixou pro amanhã
Denunciou a dita moça
Pois ela era cristã

O dito-cujo imperador
Usou de sua maldade
Invicta sua virgindade
Mandou-a pra um prostíbulo
Com falso pensamento
Ela junto à mulherada
Sua honra vai ao vento

Mas nada aconteceu
A gosto do imperador
Ele viu que o seu plano
Dessa vez não aprovou
Usou toda sua fúria
Coisa de homem doente
Ali mesmo a encharcaram
Com vários produtos quentes

Vendo a moça queimada
Ainda viva, olhos abertos
Usaram um novo método
Talvez esse desse certo
Tiraram-lhe a cabeça
Com um golpe de espada
Mas seus olhos ainda piscavam
Na cabeça decepada

O povo ao ver a cena
Começou a se aproximar
Pessoas deficientes
Sem poder mais enxergar
Com fé pedia o milagre
E na hora recebia
Já se tornava um devoto
Da virgem Santa Luzia

Veja que história triste
Mas que nos trouxe alegria
Uma vida doada a Cristo
Aconteceu nesse dia
Se não fosse essa tragédia
Talvez hoje não teria
Essa Santa milagrosa
Por nome Santa Luzia

A imagem de Santa Luzia
Tem sempre um prato na mão
Com dois olhos reluzentes
Que provam sua devoção
Um instrumento divino
De grande veneração
De quem se consagra a Deus
Para servir aos irmãos

Dia da Criança

Autor: paulo amâncio

Lá vai ele de pés descalços,
Camisa aberta ao peito,
Vai correndo pela rua,
Não vê um só dos seus defeitos
Roupa suja e amarrotada
Cabelos despenteados
Não sabe o que é malícia
É inocente o coitado

É somente uma criança
Um menino, dá pra ver
Seu sorriso inocente
Faz a gente compreender
Ele quer ter liberdade
Voar como passarinho
E nunca ser prisioneiro
Ir e voltar pro seu ninho

Hoje é seu dia, menino
Você deve estar feliz
Data que se comemora
Em todo o nosso país
O sol aumenta seu brilho
Ameniza seu calor

Porque criança é esperança
É mais que isso, é amor

Vejo criança brincando
Ouço gritos de alegria
Estão todos festejando
É caloroso esse dia
La no céu também é festa
Jesus Cristo foi menino
Com certeza São José
E Maria estão sorrindo

Criança, nosso futuro

Às vezes não merecemos
Mas ganhamos de presente
São esses pequenos seres
Que Deus confiou à gente
Criança, nossa esperança
Um diamante a lapidar
Eu vejo a todo instante
Essa estrela a brilhar
Reluzentes, saltitantes
Elas não podem parar
Possuem muito vigor
Energias pra gastar

Seus galopes, seus gritinhos
Alegram os nossos dias
Refrigeram o ambiente
Tudo transformam em poesia
O mundo sem as crianças
Seria só um vazio
Um gigante desprovido
Em uma noite de frio
Meus parabéns às crianças
Aos educadores também
Crianças bem-educadas
Só sabem fazer

Viva as nossas Crianças!

É Natal

Prepare o seu coração
Pra viver uma linda história
Em Belém nasce um bebê
Um menino cheio de glória
É coisa muito atraente
Pra se gravar na memória

Essa criança que nasce
Nos trará paz e amor
Será como o doce do fruto
O puro aroma de flor
Esse será o remédio
Que vai curar sua dor

Vai tocar seu coração
De um modo especial
Vai ser o melhor presente
Nesse dia de Natal
É Jesus que está chegando
Sob o som de um coral

Ele quer morar contigo
Quer viver aí do seu lado
Pra ser o seu protetor
E perdoar seus pecados
Não espere outro Natal
Pode não ser alcançado

Aproveite, é agora
É sua oportunidade
O amanhã não nos pertence
Talvez seja muito tarde
Pois hoje é o dia certo
Pra viver essa verdade

Tem gente no mundo inteiro
Aguardando esse momento
E Natal é esperança
É tempo do advento
Não espere outra chance
Pra esse lindo evento

Abra a porta do seu peito
Deixe Jesus Cristo entrar
Ou será que outra vez
Vai dizer: não há lugar?
Ah, não, eu não acredito
Que outra vez possa negar

Abra o seu coração
Faça uma limpeza geral
E forre bem forradinho
Coloque o mais lindo enxoval
E receba Jesus Cristo
Nessa noite de Natal

Poesia do Encontro Vocacional – Paulo Lucindo

1-A conferência nacional
Dos bispos da nossa nação
Presta sua homenagem
Numa comemoração
Aos 300 anos de Nossa Senhora
desde sua aparição

2-Uma cena comparada
Com a pesca milagrosa
Pescadores sem sucesso
Não viram um mar de rosas
Mas pescaram uma imagem
da santa majestosa

3-Foi Des dando ao Brasil
A sua mãe de presente
Os pescadores agora estavam na
Linha de frente
Partilhando o Evangelho
Com amigos e parentes

4-Portanto, os 300 anos
É pura graça e ação
As dioceses preparam
A grande recepção

A visita reluzente
Da virgem da Conceição

5-Ela que vem visitando
Cidades e periferias
Trazendo aos pobres
E abandonados
Motivos de muita alegria
Deixando-lhes a certeza
De estarem com Deus um dia

6-Pela bondade de Deus
Ele, que é nosso pai
Rumo ao tricentenário
Nossa Igreja hoje vai
O Encontro dessa imagem
Das nossas mentes não sai

7- Nas águas do Rio Paraíba,
Como foi lindo esse dia!
João Alves, Felipe Pedroso e com eles
Domingos Garcia
Encontraram a linda imagem
Motivo de muita alegria

8-Nossa Igreja está em festa
Por ocasião do jubileu
300 anos se passaram
Desde que esse caso se deu

Tá na memória da Igreja
Ninguém nunca esqueceu

9-Por onde passa a imagem
É sempre reverenciada
O povo aclama e saúda
A nossa mãe venerada
São muitos os benefícios
Incontestáveis graças alcançadas

10-Seu gesto de gravidez
Exalta a nossa voz
Pois o verbo se fez carne
E habitou entre nós
Trazendo-nos certeza
Estamos em bons lençóis

11-Ela reúne seus filhos
E não usa exclusão
Dá sempre o bom exemplo
Que somos todos irmãos
É assim que ela nos vê
A virgem da Conceição

12- Ela nos trouxe Jesus
E nos fez comunidades
Nos convida a ser igreja
E orarmos de verdade
Nos ensina a ser humildes
Com sua serenidade

13-Quem olha pra Nossa Senhora
Com a luz do coração
Vai notar diversos símbolos
Um deles são suas mães
Que juntas nos incentivam
A permanecermos em oração

14-Com os pés sobre a serpente
Uma prova ela nos dá
Ela sendo mãe de Deus
Não tem pra quem se humilhar
A maldade tá na poeira
Não pode se levantar

15-Maria foi coroada
Rainha da terra e do céu
No mistério glorioso
Nós vemos esse papel
Ordenado por Jesus Cristo
Recebeu manto e coroa
Da Princesa Isabel

16-Juventude é primavera
É beleza sem igual
Orgulho do nosso povo
É grandeza nacional
E aqui se faz presente
Neste encontro vocacional

17-Saíram do comodismo
Nossos jovens são demais
Hoje estão na catequese,
Liturgia e pastorais
Tá na música, grupo jovem
Estão nos serviços gerais

18-Aqui encerro essa rima
Pedindo de todos a atenção
O mundo prega outras coisas
Mas é vossa a decisão
Tem muitos grupos sem mãe
Então, vamos pregar a união

Santa Paulina

Vou contar uma história
Que nos serve como Luz
De uma jovem que nasceu
Para servir a Jesus
É lindo o seu exemplo
Isso muito nos seduz
Foi um peso sua vida
Mas conduziu sua cruz

Dedicada às orações
À família e aos demais
Mesmo em meio ao sofrimento
Encontrava sua paz
Com oito anos de idade
Mostrou ser muito capaz
Cuidou de sua vó doente
Fez isso e muito mais

Na escola ela sofreu
Não conseguia aprender
Todo dia mesma coisa
Não concluiu seu dever
Então buscou a Jesus
Pediu mesmo pra valer
De um dia para outro
Ela já sabia ler

Aos 22 anos de idade
Sonhava ser religiosa
Deus vendo o seu desejo
Não usou de muita prosa
Cobriu ela com seu manto
Lhe envolvendo com rosas
Foi o momento mais lindo!
A hora mais milagrosa

A vida é como uma estrada
Tem que subir e descer
Resta dizer que num parto
Sua mãe veio a falecer
Ela com irmãos pequenos
Tinha que lhes proteger
Mais as tarefas de casa
Que ela tinha que fazer

Mas ao passo de três anos
Seu velho pai se casou
Foi aí que a dita moça
Do compromisso escapou
Foi morar em um casebre
Consigo uma doente levou
É daí que nascem as provas
De um verdadeiro amor

Essa moça que eu falo
Já nasceu com essa sina
De seguir a Jesus Cristo
Isso bem desde menina
Se tem alguém que não sabe
Preste atenção nessa rima
Eu estou falando agora
Da Madre Santa Paulina

Foi uma mulher testada
Toda prova ela passou
Quanto mais ela sofria
Mais ela mostrava amor
Mais uma vida de oração
Deus ouvia seu clamor
Ela se doou a Deus
Ele viu o seu valor

E assim Madre Paulina
Acabou canonizada
Quem amou aqui na terra
La no céu vai ser amada
Intercedendo por todos
Por nós sendo venerada
Venceu os flagelos do mundo
Lá em cima tá coroada

Pedro

Foi um peso essa história
Passar pelas minhas mãos
Me senti pequenininho
Pra falar desses irmãos
Dois soldados escolhidos
Estão na lista de Cristo

Pedro era um pescador
Ganhava a vida no mar
Saía toda manhã
Sem ter hora pra voltar
Em meio a tantos perigos
Difícil de calcular
Mas ele não desistia
Precisava trabalhar

Até que um certo dia
Jesus Cristo apareceu
Fez um convite tão lindo!
Que Pedro se comoveu
Deixou rede, mar e barco
Quem estava presente viu
Saiu da água com sede
A Jesus Cristo seguiu

Eu sei que em sua trajetória
Três vezes a Cristo pegou
Ele era um homem falho
Assim como eu também sou
Mas Jesus Cristo um dia
Quis provar o seu amor
Perguntando por três vezes
Pedro disse: amo o Senhor

Não podia esquecer Saulo
Que era um perseguidor
Lutava contra os cristãos
A Cristo não tinha amor
Arrogante, perigoso
Causava muito pavor
Mas numa bela viagem
Encontrou Nosso Senhor

Sob uma luz muito forte
Lia no caminho
Percebeu que estava cego
Quando olhou e não viu
Dali já foi pra cidade
Por outros sendo guiado
Quem era um homem valente
Agora um pobre coitado

Pedro.Es.Paulo

Já se passavam três dias
Saulo sem se alimentar
Em um tremendo silêncio
Que só sabia rezar
Aparece Ananias
Tudo começou a mudar
De Saulo agora Paulo
Na hora de batizar

Quem andava perseguindo
Agora era perseguido
Estava jurado de morte
Disso foi advertido
Quem antes fazia fugir
Agora andava fugido
Até em cesto se escondeu
Pra se livrar do perigo

Só não entrei em detalhes
Porque o espaço é pouco
Mas falei de Pedro e Paulo
Agora quero meu troco
Leia aos dos apóstolos
Pra ter mais informação
Saberá que Pedro e Paulo
Tiveram até na prisão

A Lésbica

Autor: Paulo A

O tempo vai caminhando
A cada passo que dá
Não podemos duvidar
Do que ele pode nos mostrar
Coisa que às vezes assusta
Temos que nos preparar
Pra ver e não se assombrar
Com o que vamos nos deparar

Vi uma mulher chorando
Me atrevi a perguntar
A senhora sente dor?
Em que posso ajudar?
Ela disse, não, seu moço
Eu até lhe agradeço
Sua atitude não tem preço
Mas nada pode mudar

Minha filha, moça linda!
Não sei qual a sua fé
Disse-me que vai se casar
Mas é com uma mulher
Falou da sua paixão
Que ali ninguém segura

Só tem uma alternativa
Se ela for pra sepultura

Fiquei muito revoltada
Juro que pensei besteira
Pra se criar uma filha
Não pense ser brincadeira
Sempre dá muito trabalho
Cuidado e algo mais
Mas o que passa na mente
Que ela se case com um rapaz

Portanto o que vejo
Me deixou muito assustado
Não estou compreendendo
Tenho a mente embraçada
Já pensei mandá-la embora
Difícil pra uma mãe
Ver sua filha na estrada

Tô num beco sem saída
Eu não sei o que fazer
Não posso olhar pra ela
Eu preferia morrer
E ela firme na ideia
Me encara e bate pé
Diz que não gosta de homem
Prefere uma mulher

Já quis até me bater
Foi duro esse momento
Não mais o que fazer
É grande meu sofrimento
Não consigo mais dormir
As noites são como dia
Acabou a minha paz
Não tenho mais alegria

Ver uma filha que amo
Com uma ideia distorcida
Me deixa muito abalada
E sem gosto pela vida
Tô vivendo por viver
Não tenho outra opção
Mas bem que se eu pudesse
Estaria num caixão

Ouvindo essa sua fala
Resolvi também falar
O que vou falar agora
É coisa pra se guardar
Sua parte já foi feita
Não vá mais se preocupar
Viva agora sua vida
Deixe quem quiser falar

Não despreze sua filha
Trate ela com carinho
Mostre a ela o amor
Sirva a ela um bom vinho
Não deixe ela sozinha
Ela pode se perder
Diga a ela que a ama
E a arme para vencer

Nosso grande professor
Faz nossa avaliação
Conhece os nossos atos
E faz notificação
Amanhã é outro dia
E tudo pode mudar
Quem subiu pode descer
Quem perdeu pode ganhar

Eu falo do nosso Deus
Ele tem todo poder
Faz a noite virar o dia
Faz o dia escurecer
Pode fazer sua filha
Um dia se converter
Chegar dobrando os joelhos
Pedir perdão a você

Um filho ladrão

Autor: Paulo A.

Nosso desenvolvimento
Caminhava a passos lentos
Cavalo, carro de boi
Era a locomoção
De repente tudo muda
Uma coisa a outra ajuda
Esse povo que estuda
Chega com o caminhão

Mas alguns passos depois
Eu não sei se um ou dois
Sei que nessa evolução
Foi criado o avião
É grande a correria
Eu penso que qualquer dia
O povo se renuncia
Não vão mais pisar o chão

Sei que ao subir os degraus
A pressa foi grande demais
Acabou a nossa paz
Mas teve um grupo que ficou
E muitos pela fraqueza
Ou falta de pão na mesa

Foi entrando em desespero
Assim a coisa mudou

Uma mãe pobre coitada
Que foi bastante educada
Não era o que esperava
Mas teve uma notícia
Seu filho estava roubando
Uma viatura encostando
Alguém viu ele embarcando
Pela ordem da polícia

A mãe entra em desespero
Quase arranca os cabelos
Alimento sem tempero
Ela tendo que engolir
Correu pra delegacia
Bem assim ela dizia
Isso muito me angustia
Mantenha ele preso aí

Sou pobre, mas sou honesta
É meu filho, mas não presta
Esse cabra da moléstia
Precisa muito apanhar
Não segue a lição que dei
Toda vida trabalhei
Não foi isso que ensinei
Ele tem que se lascar

Pobre da mãe foi embora
Pensando consigo e agora?
Essa vai ser a história
Que os vizinhos vão contar
Eu vou ter que me esconder
Por um tempo me recolher
Assim, o povo não vê
Quando os meus olhos chorar

Foi ficando escondida
Fugindo da sua vida
Economizava a lida
Só pra não aparecer
Mas vivendo desse jeito
Surgiu uma dor no peito
Ficava mais em seu leito
Pensou que ia morrer

E assim na solidão
Ela não abria a mão
Veio a dona depressão
Para fazer companhia
Ela foi se definhando
Passava horas chorando
Nos dedos contava o tempo
Que o seu filho não via

Conforme os dias passavam
A notícia se espalhava

Muitos vizinhos chegavam
Pra visitar a mulher
Uns ajudavam com pão
Outros faziam oração
O povo estendia a mão
Cada um com sua fé

Eu sei que foi desse jeito
Saímos do beco estreito
Roubo não é mais defeito
Tem gente que pensa assim
Parece ser profissão
Tem gente que ganha o pão
Outros moram em mansão
Mas isso não dá pra mim

Eu não sou contra quem rouba
Nem quem prende ou quem julga
Não sou contra quem vai preso
Ou quem faz a sua fuga
Mas tá tudo muito feio
Esse é meu devaneio
Tá igual carro sem freio
Uma coisa absurda

Ganância por dinheiro

Hoje o povo está vivendo
Um momento diferente
Correndo atrás do dinheiro
Coisa que assusta a gente
Muitos já vivem a troca
Nem precisa observar
Primeiro vem a moeda
Deus em segundo lugar

Quando falo desse jeito
Muitos podem duvidar
Mas não entre na corrida
Você pode tropeçar
Observe essas linhas
Que adiante vou traçar
Eu trago aqui um exemplo
Que é pra poder reforçar

Deixando nosso país
Um jovem quis viajar
Segundo informação
Estava no Canadá
Acho que noventa dias
Acabara de empregar
Ia bem remunerado
Coisa pra se preservar

Mas a vida traz surpresa
Que nem sempre nos agrada
Deixa a gente cabisbaixa
Só não pode baixar a guarda
Porque a luta continua
Nós estamos no trabalho
E pra deixar esse ringue
Tem tempo determinado

O moço do qual eu falava
Não esperava essa nota
Ele foi surpreendido
Foi uma grande derrota
Seu pai havia morrido
Essa foi de arrasar
Ficou sem a despedida
De quem sofreu pra lhe criar

Foi grande seu chororô
Regrou a alimentação
Não conseguia acreditar
Naquela informação
Foi aí que a consciência
Doeu de tanta emoção
Agora somente o tempo
Pra trazer consolação

Ele pensava consigo
Seria melhor estar lá
O meu ganho era pouco
Mas lá é o meu lugar
No alcance dos meus olhos
Eu tinha minha família
E num caso como esse
Presente eu devia estar

Do que vale o dinheiro
Que eu vou ganhar agora
Se todo meu pensamento
Está bem longe lá fora
Sou agora um desgraçado
Nada tem valor pra mim
Trabalhar por trabalhar
Essa dor não vai ter fim

Correndo atrás do dinheiro
Eu deixei o meu herói
Essa tristeza me invade
Minha consciência dói
Agora em poucos dias
Retorno ao meu país
Posso levar pouca coisa
Mas lá, sim, eu sou feliz

Junto com minha mãezinha
Ela que quero chorar
Abraçar os meus irmãos
E minha lição passar
Pensei em ser tão feliz
Mas o destino não quis
Nunca mais vejo meu pai
Olha a ganância no que dá

Então esse sentimento
Nunca sai do pensamento
Querendo ou não querendo
Ele vai roer por dentro
Eu assumo essa culpa
Nunca vou me perdoar
Quando eu olho pro dinheiro
Eu volto a me culpar

Dinheiro, pra que dinheiro?
Não nasci com ele não
Eu não vou levar dinheiro
Quando eu estiver no caixão
Nós devemos colocar
Deus em primeiro lugar
O resto é só ilusão
Muito em breve passará

Maltrato aos animais

Autor: Paulo A.

Lia na minha juventude
Talvez não pensasse assim
Lembro das minhas caçadas
Perseguia os passarinhos
Mas o tempo foi passando
Eu cheguei à conclusão
Hoje vejo um animal
Costumo tratá-lo de irmão

Foi um trabalho difícil
Mas deixei a ignorância
Arrependo meu passado
Muitos feitos da infância
Hoje o peso da idade
Assumiu todo o comando
Não sou a mesma pessoa
Agora estou enxergando

Pra domar um animal
Tenho que ser amestrado
Como posso ensinar
Se nunca fui educado
Me abrir para o amor
É a primeira lição

Do livro que nos ensina
Saber e educação

Tratar bem qualquer bichinho
Porque ele é um ser vivo
Não podemos esquecê-los
Não é coisa de arquivo
O mundo só com humanos
Seria um pouco sem sal
O que seria o homem
Sem a presença animal

Já vi alguns carroceiros
Que não sabem o que é dor
Castigam seus animais
E pensam que motor
Trabalha o dia inteiro
Só andam acelerado
Debaixo de sol e chuva
Vai matando o coitado

Também vi gente que tinha
Animal de estimação
Até fingiam carinho
Um tratamento de irmão
Mas as coisas acontecem
Ao passar de cada lua
O bichinho adoece
Assim é solto na rua

Passarinhos que vão presos
E nunca têm julgamento
Porque se fossem julgados
Por certo seriam isentos
O juiz em seu veredito
Faria seu pronunciamento
Tira o passarinho fora
Coloque o dono lá dentro

Bois que pulam na arena
É outra judiação
São cortados de esporas
Pra dar pontos ao peão
Se expõe a uma plateia
Contraria seu querer
Só porque é grande o público
Que está pagando pra ver

Tem pessoas que colocam
Animais em competição
Botam galos e canários
Numa briga sem razão
Furam olho, perdem penas
O sangue corre no chão
Da plateia vêm os gritos
Que agradam o patrão

Do ser humano espero
Que muito será mudado
Olhando os animais
Como grandes aliados
Cuidando mais seus bichinhos
Porque merecem cuidado
São criaturas indefesas
Que vivem a nosso lado

Não reclamam sua dor
Não escolhem alimento
Em nada sabem exigir
Não expõem seu sofrimento
Dormem em qualquer
Não têm rede nem colchão
Mas gostam de ter um dono
Que tenha bom coração

Tô pedindo aos humanos
Cuidem dos seus animais
Seja gato ou cachorro
Dê a eles sua paz
Trate eles com carinho
São amigos de valor
Eles não olham seu nível
Nem tampouco sua cor

Como aceitar?

Autor: Paulo A.

Um certo dia
Pobre pai nem esperava
Um dos seus filhos chegava
Chamando sua atenção
Dizendo: pai,
Tenho um segredo comigo
Devo contar ao senhor
E esperar seu perdão

Pobre velhinho
Assim bastante ansioso
Disse: filho, conte logo
Eu quero muito saber
Sendo família
É um ajudando o outro
Exponha logo seu caso
Eu quero ajudar você

O filho disse:
Meu pai, eu sou muito tímido
Sempre escondi do senhor
Porque eu sinto vergonha
Mas descobri
Não posso mais esconder

Sei que tiro sua paz
Mas estou mordendo a fronha

Já tenho um homem
Que eu amo loucamente
Só preciso uma casa
Pra gente juntos morar
Queria muito
Que o senhor me entendesse
O meu segredo é esse
Eu pretendo me casar

O pobre velho
Com essa revelação
Chorava desesperado
Sem saber como agir
Aquela coisa
Rebolava assim por dentro
Não sabia se engolia
Ou se devia cuspir

Foi pro seu quarto
Chamou sua companheira
Contou todo o ocorrido
A velha chorou demais
Alguns minutos
Enxugou as suas lágrimas
E disse: pensamos juntos
Pra ver o que a gente faz

O velho disse:
Pra mim isso é uma afronta
Vou ter que mandá-lo embora
Aqui não pode ficar
Nunca pensei
Num beco assim estreito
Com a vergonha que sinto
Já penso até matar

Mas mãe é mãe
Ama e supera tudo
Foi explicando em detalhes
Fazendo o velho entender
Sei que é difícil
Mas ele é nosso filho
Nós temos que ter um jeito
Pra isso se resolver

Você é pai
Eu sou mãe, somos escudo
Temos que ser professores
Pra passar essa lição
Assim espero
Que você tenha entendido
Vamos fazer entender
Também os outros irmãos

O velho assim
Criou um novo ideal
Abraçou sua velhinha
E muito lhe agradeceu
E disse a ela:
Tenho orgulho de você
É mesmo uma companheira
A que Deus me deu

Chamaram o filho
Concordaram sem concordar
Deixamos em paralelo
Essa ideia de se casar
Vai lá pra rua
Viva suas decisões
Mas unido a outro homem
Aqui em casa nem pensar

Mas continua
Somos pais, você é filho
E nada de empecilhos
Que possam nos separar
O amor é tudo
Uma coisa sem medida
Aqui e em outra vida
Nós temos que nos amar

Um pouco do sertão

Autor: Paulo A.

Nasci num rancho de palha
Lá onde termina a estrada
Lugar de terra adubada
Bem no meio do sertão
Onde eu tinha liberdade
Nem pensava na cidade
Ia por necessidade
Ver alguma provisão

Lá onde eu morava
Eu tinha quase de tudo
Faço aqui um estudo
Das coisas que eu conseguia
Assim muitos vão saber
Como era o meu viver
Não tinha por que sofrer
Lá era só alegria

Capinava nosso chão
Usando uma enxada
A terra era cortada
Como se fosse aração
Com a terra preparada
Semente era fartura

Nada, nada de frescura
É hora de plantação

Depois vinha a colheita
Uma fartura danada
Deixava a gente abismada
Vendo a frutificação
Tulha cheia de arroz
Pepino, feijão e abóbora
Ali tudo era de sobra
Pra nossa alimentação

Açúcar vinha da cana
Sabão era feito em casa
Nossa cacimba era rasa
Pegava água com a mão
Banana tinha fartura
Era grande a lavoura
Plantava até vassoura
Pra poder varrer o chão

Tinha porco em quantidade
Galinha eu nem calculava
Comia, até doava
Mas nunca pensei contar
Uma vaquinha de leite
Que nem cerca era preciso
Era mesmo um paraíso
Se fosse avaliar

A torrefação do café
Era feita na panela
Que boa era aquela
Não dá pra gente esquecer
Depois pra fazer o pó
Tinha um moinho pequeno
Parece até que estou vendo
Era simples nosso viver

O pão pra nós lá na roça
Era mandioca, batata
A vida era muito farta
Ninguém tinha luxo, não
Tinha inhame e cará
Tudo era aproveitado
O milho verde assado
Tinha grande aceitação

A cama a gente fazia
Ninguém pensava em comprar
Era fácil se arrumar
No mato tinha de tudo
Tinha palha e madeira
O prego era cipó
E ficava um xodó
Se parecendo veludo

O caipira é artista
Tem quase tudo no sertão
Habilidade nas mãos
Faz quase o que quiser
Modelava o barro branco
Pra construir o fogão
Era tudo feito à mão
Mas agradava a mulher

Na cidade eu me lembro
Que pouca coisa comprava
Ia a pé e voltava
O que precisava trazia
O querosene, o sal
Final de ano uma roupa
A panela para a sopa
A surpresa pra família

Deve ter alguma coisa
Que eu possa ter esquecido
Me passou despercebido
Foi a atenção que faltou
Eu queria a miúdo
Falar da felicidade
É lá fora da cidade
Que está o verdadeiro amor

Minha fé

Autor: Paulo A.

Meu Deus,
Eu sou só um ser humano
Que aqui tô implorando
Preciso do seu perdão
Se o Senhor
Perdoar os meus pecados
Eu vou estar preparado
Pra entrar em sua mansão

Se eu soubesse
O que eu deveria fazer
Pra o Senhor me absorver
Com certeza eu faria
Porque o céu
É algo que eu tanto almejo
Tá além do meu desejo
Eu aguardo esse dia

Todos os dias
Eu rezo, faço uma prece
São coisas que me enfurecem
Me trazem mais consolação
Pareço ver
O seu rosto delicado

Colorido e estampado
Na face do meu irmão

Estou buscando
Dentro do Livro sagrado
Um jeito equilibrado
Pra salvar meu coração
No meu estudo
Eu me sinto aliviado
Me vejo sendo levado
Na palma da sua mão

Eu vi falar
Um pouco de sua paz
Eu fiquei interessado
É tudo o que eu queria
A sua paz
Não está só no falar
Preciso vivenciar
Sozinho ou em família

Estou sedento
Buscando conhecimento
Estendo meus pensamentos
Pra ver se algo acontece
Mas minha hora
Não coincide com a sua
Foi assim que me falou
Um velhinho lá na rua

Mas eu não paro
Tô sempre buscando amor
Na alegria, na dor
Minha vida é uma corrente
Não tem descanso
Essa minha aventura
É pouca minha cultura
Mas busco com outras gentes

Ouvi falar
Da sua grande bondade
E senti necessidade
Eu quero ser bom também
Sigo o Senhor
Desole minha mocidade
Se estou só, sinto saudades
Com o Senhor vou pro além

Já me disseram
Que o Senhor é água viva
Isso me foi curioso
E dessa água que eu quero
Não tem problema
Pode até demorar
Mas não vou desesperar
Pro Senhor, eu espero

Eu já vi muitos
Ficando pelo caminho
Cheguei pensar que sozinho
Eu pudesse me esfriar
Mas descobri
Que eu mesmo me enganava
Conforme o tempo passava
Comecei observar

A cada dia
Tô me sentindo mais forte
Vou levando minha vida
Como se eu fosse um gigante
Porque, Deus
Eu me sinto mais seguro
A cada passo que dou
Me sinto mais triunfante

O meu batismo
É forte e santificado
No coração foi tatuado
O nome de Jesus Cristo
E minha pele
Vista como um envelope
Jesus usou sua pena
E nela deu o seu visto

Ser pai é dom

Meu velho pai
Chamou-me assim pra um lado
E bastante emocionado
Pediu minha atenção
Disse: meu filho,
É seu o meu compromisso
Não aguento mais serviço
Assuma a direção

Estou cansado
Olha meu rosto enrugado
Meus nervos estão travados
A voz não quer mais sair
Os meus ouvidos?
Já não ouvem mais direito
Sinto uma dor no peito
Não dá mais pra prosseguir

Agora, filho
Quero descansar um pouco
Já cansei de arrancar toco
Para plantar e colher
Vou me sentar
Nessa cadeira de balanço
E como que num remanso
Vou esperar pra morrer

Se filho ou neto
De mim se aproximar
E quiser me embalar
Saiba que eu agradeço
Mas ao contrário
Se não me derem atenção
Desde já têm meu perdão
Talvez seja o que eu mereço

Então, meu filho
Aqui deixo em suas mãos
A responsabilidade
Que há muito tempo assumi
A sua mãe
Também tá fragilizada
Aguenta pouco, quase nada
Tá perto pra desistir

Talvez, meu filho
Breve pode acontecer
Eu e sua mãe morrer
Não entre em desespero
O seu trabalho
É só de nos sepultar
Não precisa nem chorar
Não somos nós os primeiros

Ao terminar
De me passar o recado
Deu-me um abraço apertado
Aquele abraço de pai
Beijou meu rosto
Sentou-se na velha cadeira
E ali a tarde inteira
Meu velho chorou demais

Eu muito novo
Assumi aquele posto
Foi com lágrimas no rosto
Mas dei continuidade
Senti na pele
A responsabilidade
Vi que é preciso ser homem
Pra ser um pai de verdade

É bem por isso
Muitos estão desistindo
Não estão mais assumindo
O seu lindo compromisso
Ser pai é dom
Não penso ser brincadeira
É a prova da peneira
Não podemos ser omissos

Tem que ter calma
Na hora que vêm as provas
Pois sempre uma nova
E às vezes de surpresa
Um de seus filhos
Às vezes fica doente
Ou quem sabe um acidente
Isso traz muita tristeza

Você chegar
Ver seu filho estendido
Já quase desfalecido
Sem poder nem te olhar
Pois tudo isso
São ossos do ofício
Querendo ou não querendo
Os pais têm que enfrentar

Por isso digo
Pra qualquer uma pessoa
Pra ser um pai de verdade
Tem que viver o amor
Levar a cruz
Como fez nosso Jesus
Foi sofrido, desumano
Mas não nos abandonou

Tempo de criança

Autor: Paulo A.

A única fase da vida
Que o manze tem mais sentido
Percebi que a criança
Vê o mundo colorido
Poder andar sem camisa
Descalço pisar o chão
Moer a cana com os dentes
Pra sua alimentação

Subir em qualquer fruteira
Comer frutos sem lavar
Eu gostava de coquinhos
Não dispensava uma ingá
Goiaba, mas que delícia
Não gosto nem de lembrar
Trepar num pé de mamão
E seu fruto degustar

Eu namorava as ramas
Do tal de maracujá
Procurando pelos frutos
Que suco que aquilo dá
Canapu saco de bode
Tratamento popular

Produzia pelas roças
Sem escolha de lugar

Eu nunca fui um racista
E posso isso provar
Comia maria preta
Sem escolha de lugar
Tinha melão, melancia
Faz a gente se emocionar
Lembranças dos velhos tempos
Dá vontade de chorar

Subia nas laranjeiras
Nem espinhos a gente via
O tal menino é demais
Não tem medo da folia
Escalava mexeriqueira
À noite, ao meio-dia
Acho que criança tem
Os anjos na companhia

Chupava limão azedo
E nem careta fazia
A jaca não tinha visgo
Manga, verde se comia
Amora, madura ou não
Não fazia diferença
A gente limpava o pé
E não pedia licença

No pé de jabuticaba
Era festa e brincadeira
Limãozinho, meu amigo
Era coisa rotineira
Entrava no bananal
Fazia a maior zoeira
Nem pra macaco sobrava
Só ficavam as bananeiras

Não tinha amargo nem doce
Mole ou duro ia bem
Não tinha pequeno ou grande
Tudo era dez ou cem
Me lembro o tal juá
Tinha espinhos, não pra gente
Abacate, que doçura
Só ficava a semente

Caju era um saco pronto
Não tinha o que preparar
Dispensa o uso do açúcar
Não precisava adoçar
Comia pitanga piúna
A pinha, o araticum
Não tinha fruto ruim
Não recusava nenhum

Abacaxi, meu amigo
É um fruto bom demais
Só não comia a casca
Porque bem sei que não faz
Mas criança, meu senhor
Só não come pedra e pau
Não come sabão de soda
Os pais falam que faz mal

Queria falar dos doces
Picolé, refrigerante
Mas falei muitos frutos
Acho que foi o bastante
Não falar de arroz
Polenta, charque e feijão
São coisas que enchem os olhos
Se o menino estiver são

Eu ia falar de roupa
Mas eu prefiro deixar
Criança pra se vestir
Não precisa nem olhar
Esse foi nosso passado
Não gosto de lembrar
Eu andei muito descalço
Nunca pensei reclamar

Brincadeira sem graça

Autor: Paulo A

Eu morei em uma vila
Lá pras bandas do Nordeste
Onde conheci um negro
Tinha por nome Dalesti
Em qualquer palavreado
Parecia estressado
Era muito natural
Pra ele chamar a peste

Foi chegando lá na vila
Já começou seu trabalho
Passava a noite inteira
Envolvido com baralho
O jogo que mais gostava
Não tinha quem lhe tirasse
Às vezes se ensobava
Ganhava um bom cascalho

Tinha muita amizade
Pra ele não tinha estranho
Conhecia até o prefeito
E juntos tomavam banho
Mas veja que um certo dia
Dalesti veio a morrer

Não descobriram a doença
Ninguém sabia o porquê

Só sei que no velório
Foi grande o fuzuê
Quando ali várias pessoas
Viram o corpo se mexer
Muita gente foi embora
Porque alegaram medo
Outros diziam que tinham
Que tirar leite bem cedo

Mas veja que ali tinha
Um doutor, estava presente
Assim que examinou o corpo
Já disse alegremente
Dalesti está com vida
Ninguém precisa correr
Um cabra que tem prestígio
É muito difícil morrer

O prefeito chegou na hora
Mandou lacrar o caixão
Afirmando que o cheiro
Não estava muito bom
Naquele momento o corpo
Do caixão se levantou
E disse: aceito o enterro
Mas com uma condição

Quero a mulher do prefeito
No caixão junto comigo
Senão não me desinterno
Todos vão correr perigo
O prefeito quando ouviu
A ideia do defunto
Disse: agora ele vai
Bonitinho de pés juntos

O prefeito disse nervoso
Peço desculpa a vocês
Mas pelo jeito vou meter
Esse cabra outra vez
Dalesti pulou do caixão
Jogou a mortalha pra trás
E disse: fiquem sabendo
Eu agora não vou mais

Tirou o algodão dos ouvidos
Desatou todas as amarras
E disse: eu estou vivo
Vamos começar a farra
Eu estava só brincando
Espero não correr perigo
Eu tenho toda a família
Do prefeito como amigo

Assim todos se abraçaram
Aceitaram a ressurreição
Dalesti, segunda vida
Acabou a confusão
Tinha um morto ali perto
Doaram logo o caixão
Arrumaram um sanfoneiro
Começaram o forrozão

Mas teve muitas pessoas
Que não quiseram acreditar
Preferiram ir embora
Não queriam arriscar
Quem estava morto dançando
É coisa de arrepiar
E muitos ali ficaram
Por medo de se afastar

No outro dia a notícia
Na rua era só aquela
Pareciam televisões
Ligadas na mesma novela
Dalesti ressuscitou
De novo entre nós está
E muitos sempre na dúvida
Sem querer acreditar

Caso de separação

Autor: Paulo A.

Eu tinha uma companheira
Vivia um amor bonito
Oito anos de casados
Quando a surpresa chegou
Foi no café da manhã
Ela me disse sem medo
Vou te contar um segredo
Que pode te causar dor

Esse é o último lanche
Que estamos fazendo juntos
Já arrumei minhas malas
Eu não quero mais ficar
O nosso amor acabou
Não tem como consertar
Não vejo outra solução
Não adianta mais tentar

Pensei que fosse brinquedo
E suas mãos segurei
Beijei seu rosto chorando
Mas assim sem acreditar
Ela disse: a despedida
Que eu ia fazer você fez

Me deixe que estou indo
Tem alguém a me esperar

Quando vi ela saindo
Fiquei assim sem noção
A cabeça foi pra terra
Meus pés saíram do chão
Fui contando os seus passos
Sentindo o seu perfume
Quase me descontrolei
Era amor, era ciúme

De longe ainda gritei
E as crianças, meu amor?
Ela disse: não se preocupe
Você pode visitar
Não vou pra muito distante
E em breve vou te ligar
Passar o meu endereço
Temos que comunicar

Essa foi a maior dor
Que passei na minha vida
Meus dois filhos um pouco atrás
Na frente minha querida
Eu ali de pé na porta
Sem saber o que fazer
Acabando de perder
A pessoa mais querida

Uma curva da estrada
Impediu minha visão
Sem ver ela e meus filhos
Aumentou minha emoção
Entrei pra dentro de casa
Na mesma mesa me sentei
Café esfriando na xícara
A isso pouco liguei

Juro, não tenho vergonha
De dizer tudo o que fiz
Fui ao quarto curioso
Uma blusa dela encontrei
Ela esqueceu um retrato
Com muito carinho peguei
Eu vesti aquela peça
E o retrato eu beijei

Eu sentia o cheiro dela
Exalando pela casa
Eu deitava sobre a cama
Era ali que eu meditava
Escutava sua voz
Parece que ela voltava
Mas quando da porta eu olhava
Minha esperança acabava

Muitos dias se passaram
Nesse sufoco, essa dor
Eu beijava seu travesseiro
Embriagado de amor
Usava o seu perfume
Pra ficar mais perto dela
Mas era só ilusão
Um capítulo da novela

Um mês depois eu ouvi
O telefone tocar
Atendi mais que depressa
Precisava me informar
Ela nem me cumprimentou
E assim começou a falar
Deixando seu endereço
Pra que eu fosse visitar

Aqui vivo muito bem
Não precisa se preocupar
Tenho um amor de verdade
Não há como comparar
Procure outra pessoa
Faça assim como eu fiz
Não é bom ficar sozinho
Pois nunca vai ser feliz

Prisioneiro

Um passarinho
Sentindo-se maltratado
Chorava desesperado
Reclamava bem assim
Por que será
Que o homem é tão maldoso?
Nas flores tão gostoso
E ele tirou-a de mim

Me trouxe preso
Eu nem sei que mal fiz
Eu que era tão feliz
Agora estou aqui
Meu alimento
São eles que determinam
Isso aqui é uma ruína
O meu sonho é sair

Aqui às vezes
Tenho que beber água quente
Penso até ficar doente
Não posso me divertir
Não tenho galhos
Pra pousar, pegar bichinhos
Nem penso fazer um ninho
Não me sinto bem aqui

Não tem frutinhas
Como tem lá na floresta
Não se programa uma festa
Aqui eu fico isolado
Será que o homem
Não percebe essa maldade
Eu tenho necessidade
De ter alguém ao meu lado

Aqui não tenho
Espaço para voar
Tenho que cantar
Fingindo estar feliz
Mas minha vida
Aqui é uma tortura
É um mal quase sem cura
Aqui eu sou infeliz

Gosto de um banho
Daqueles de cachoeira
Brincar naquelas pedreiras
Na sombra dos matagais
Meus amiguinhos
Chegavam de todo lado
La nós somos aliados
Aqui eu não tenho paz

Sou um ser vivo
Como um homem necessito
Tenho que andar bonito
Pra encontrar uma paixão
É uma pena
Que os humanos não têm noção
Não sabem nem um pouquinho
Dos amores do sertão

Mas é meu sonho
Ver um dia um presidente
Que ponha uma lei decente
Sejam abertas as gaiolas
Quero sair
Na direção do horizonte
Me esconder atrás de um monte
Lá onde o mal não rola

Lá no recanto
Encontrar meus companheiros
Dizer que fui prisioneiro
No momento não sou mais
Fazer com eles
Uma linda revoada
Enfeitar uma alvorada
Bem longe dos meus rivais

Viver a vida
É ter muita liberdade
Ir pra onde tem vontade
E voltar quando quiser
Bater as asas
Voar, sem temer altura
A vida é uma doçura
Nos representa um balé

Nós passarinhos
Todos temos um serviço
É um grande compromisso
Nossos filhotes cuidar
Ah, como é lindo!
Quando a mãe traz um bichinho
Ver seus biquinhos se abrindo
Pra poder se alimentar

Acho que os homens
Não sabem bem o que fazem
Porque é triste demais
Sofrer prisão sem motivo
Viver fechado
E quase que sepultado
Não se tem mais um agrado
É um viver negativo

Um alerta

Hoje bem cedo
Num momento sou sossegado
Quis lembrar o meu passado
E foi grande a emoção
Lembrei que um dia
No meu tempo de criança
Eu pensava ser o dono
De um pedaço de chão

Passou um tempo
Vi que era diferente
A terra é que tem a gente
Observa e você vê
Quantas pessoas
Já partiram desta vida
Tá na terra escondida
Esperando o que vai ser

Pode estar longe
Ou quem sabe a dois passos
Nós temos um julgamento
Com o mais sábio dos juízes
Não vai ser fácil
Depende dos nossos feitos
Mas penso que vão ser poucos
Os que podem ser felizes

Vai ser difícil
Ver aquele homem santo
Olhando em nossos olhos
Querendo uma explicação
E eu ali
Do outro lado sentado
Saber que vou ser julgado
Dilacera o coração

E o pior:
Não pense falar mentira
Porque Deus tem sua mira
E sabe seu pensamento
É bem melhor
Que diga só a verdade
Pois ele é grande em bondade
E te conhece por dentro

Eu não conheço
Mas sei que seria legal
Se tivéssemos conhecimento
Sobre esse tribunal
Mas nosso pai
Conserva um grande segredo
Isso nos deixa com medo
E a moleira no sal

É bem por isso
Que gosto de ser bondoso
Tratar bem os meus irmãos
Seja ele o que for
Eu vou com jeito
Deixo de lado os defeitos
Pode ser mau sujeito
Mas eu trato com amor

Ficar aqui?
Não vai ser uma opção
Vai ser uma obrigação
O que o pai falar tá falado
Agora pense
Um fogo em calor dobrado
E você sem ter saída
Por tempo indeterminado

E você vendo
Jesus se distanciando
E seus anjinhos cantando
Proclamando seu louvor
Nesse momento
É tristeza, é aflição
E não tem mais solução
Agora são gritos de dor

Por isso, amigo
Ouça o que estou dizendo
Seja sempre o mais pequeno
Nunca queira ser maior
Porque Jesus
Tem uma força sem igual
Ele derruba os poderosos
E levanta o menor

Nesses meus versos
Só quis deixar um alerta
Prepare sua coberta
Não espere falar em frio
Faça sua hora
Vigie o tempo lá fora
Não fique adormecido
Como o gigante Brasil

Eu agradeço
A Jesus de Nazaré
Pode falar quem quiser
Mas me quer assim
Sou sem mudança
Desde o tempo criança
Eu vivo a esperança
Em casa ou no jardim

Caso de assombração

Autor: Paulo A.

Eu estava em viagem
Numa estrada boiadeira
De buracos e poeira
Lá pras bandas do sertão
Nisso o sol foi se escondendo
E eu bastante cansado
Precisando de cuidados
Pra minha restauração

Olhando com muito jeito
Em uma clareira ao lado
Pareceu meio encantado
Mas avistei um ranchinho
No terreiro uma velhinha
Que fazia uma limpeza
Cheguei com delicadeza
Falei com muito carinho

Boa tarde, minha senhora
Desculpe incomodá-la
Mas estou quase sem fala
Cansado de caminhar
Há dois dias sem comer
Sem dormir e sem beber

Preciso me refazer
Pra viagem continuar

Ela então me respondeu
Com toda educação
Eu não tenho condição
De hospedar o senhor
Mas mostrou assim pros fundos
Um casarão abandonado
Disse: ali é sossegado
Onde muitos já hospedou

Deu-me uma xícara de café
E um pedaço de pão
Foi a minha refeição
E tive que agradecer
Porque se assim não fosse
Tinha que dormir no mato
Sem comer, sem esse trato
Eu poderia até morrer

Eu um pouco receoso
Entrei para o casarão
Não fechei nem o portão
Pra me sentir à vontade
Deitei sobre um papelão
Ali mesmo no assoalho
Usei também uns retalhos
Que era de necessidade

Não eram nem onze horas
Ouvi barulho na cozinha
Sons de algumas latinhas
E outras vasilhas mais
O meu corpo arrepiou
Comecei a flutuar na cama
Lembrei da minha cabana
Lá, sim, é lugar de paz

Mas eu não tinha saída
Um escuro de lascar
Não tinha como escapar
O medo virou coragem
E no longo corredor
Ouvi arrastar de chinelos
Percebi que era um duelo
O que pensei ser bobagem

Ali, ouvi coisa feia
Bate-boca até briga
Mexeu com minhas lombrigas
Toda aquela confusão
Mas o que me intrigava
Os chinelos que se arrastavam
Lentos, mas se aproximavam
Sempre em minha direção

Ali não tinha morador
A velhinha me informou
Foi o que me espantou
De repente apareceu
Vi que eu não estava sozinho
Tinha alguém, assim ao lado
Um bebê sendo cuidado
Ouvi o denguinho seu

Fiquei anestesiado
Não tive mais reação
Vi que era assombração
Todo aquele movimento
Dormi até meio-dia
Foi quando me levantei
Todos os cômodos olhei
Ninguém encontrei lá dentro

Ali fiz uma oração
Fui saindo de mansinho
Como orvalho caindo
Em uma noite de frio
Não vi casebre, nem velhinha
Foi só uma fantasia
Parecia uma família
Mas eu só vi um vazio

Como viver nesse mundo?

Viver aqui nesse mundo
É privilégio demais
Só Deus nos concede isso
Outro ser isso não faz
A ele agradecemos
E damos nosso louvor
E o rei do universo
Tem pra ninguém, não, senhor

Portanto todos os dias
Devemos agradecer
Nosso Deus é poderoso
Possui todo o saber
O mundo é uma mesa cheia
Que ele nos entregou
Só precisa educação
Pra desfrutar esse amor

A você que como eu
Tem toda essa regalia
Tem motivos suficientes
Pra agradecer todo dia
Viver bem com as pessoas
Som olhar pra cor ou raça
Não despreze nem aquele
Que vive entregue à cachaça

Trate bem seja quem for
Nunca teime com ninguém
Se alguém diz que pau é pedra
Diga que cinquenta é cem
Vá saindo de mansinho
Antes que possa esquentar
Se o fogo pega, amigo
Tem que ficar pra apagar

Saudar a todos que encontre
Mostre alegria, um sorriso
O mundo em que nós vivemos
Esses gestos são precisos
Ajudar quem precisa
É coisa fundamental
Principalmente aqueles
Que às vezes passam mal

Nunca crie confusão
Homem não nasceu pra isso
Se você bate ou apanha
Pra Deus isso é malvisto
Trate todos com carinho
Deixe boa impressão
Prova que você é gente
E que ama seu irmão

Eu admiro um artista
Que tem por nome palhaço
Parece não ter problemas
Nem tristeza ou cansaço
Só transmite alegria
Quer ver o mundo feliz
Nem parece um ser humano
Assim muita gente diz

Mais ou menos desse jeito
Que nós devemos viver
Uma vida de palhaço
Assim é que é viver
Esqueça os seus problemas
Pois problemas todos têm
Não reparta seus problemas
Pode pesar pra alguém

Põe sorriso no rosto
Aí é o seu lugar
Quem te vê chega pra perto
Pois quer te admirar
O sorriso é flor que abre
Enriquecendo um jardim
Gostaria que o mundo
Inteiro vivesse assim

Acabe com a tristeza
Não dê a ela lugar
Pode virar depressão
Se você não se cuidar
Diga a ela: aqui tem Deus
Um coração para amar
Tardou arrumar as malas
Aqui não é seu lugar

Abrace seu inimigo
Passe a ele uma lição
Nós temos somente um pai
Prova que somos irmãos
Não tem erro imperdoável
Tem quem não quer perdoar
Endurece o coração
Pra não reconciliar

Na verdade, perdoar
É ação de quem é forte
Homem fraco não consegue
E sem perdão vai à morte
Um exemplo, o Iscariote
Não se aproximou de Deus
Morreu no maior tormento
Com os maus pensamentos seus

Quando falta água no sertão

Paulo A.

É de lá do meu sertão
A história que vou contar
Eu não queria sair
Deixar aquele lugar
Mas um dia de manhã
Quando a água fui pegar
A nossa única fonte
Acabara de secar

Voltei para casa chorando
Eu nem precisei falar
Lembro que minha velhinha
Também começou a chorar
Me perguntou pela água
Eu tive que explicar
Nossa cacimba tá seca
Não há mais água por lá

Minha mãe disse: meu filho,
Não podemos demorar
Pega os bois e põe no carro
E vamos adiantar
Isso tem que acontecer
Antes do sol esquentar

Podemos morrer de sede
Se um pouco mais atrasar

Pegamos só o necessário
Entre o pouco que já tinha
Me lembro de uma cabra
Um porco e uma galinha
Mais um quilo de fubá
Meio quilo de farinha
O mesmo que não ter nada
Água pra molhar não tinha

Ajudei mamãe a subir
No carro subi também
Toquei os bois e saímos
Estava tudo muito bem
Mas virei, olhei pra trás
Deu vontade de voltar
Meu cachorrinho latia
Sem poder se levantar

Outra vez ali chorei
Olhei pro céu e pedi
Meu pai, tenha piedade
Não deixe eu morrer aqui
Minha mãe orou comigo
Entramos no mesmo tom
Naquele dia eu vi
O valor da devoção

Olhei para o horizonte
Logo após a oração
Vi uma nuvem pequena
Tamanho da minha mão
Que dentro de algum instante
Foi tomando proporção
Pulei do carro e caí
Com os joelhos no chão

Nosso céu cobriu de nuvens
Não era de se esperar
Começou cair a chuva
Me apressei em voltar
Chegamos ao barraquinho
E pude presenciar
Foi grande minha alegria
Ver meu cão se levantar

Seu moço, lá no Nordeste
A terra é uma doçura
Só basta molhar o chão
Tudo produz com fartura
Parece que a mão de Deus
Puxa as plas pra crescer
Só precisa paciência
Sabendo olhar dá pra ver

Muita gente ainda não sabe
Como é ter que deixar
Sua casa e o que tem
Sem saber onde parar
Pra todo lado, animal
Com sede, se desmaiando
E você capaz de nada
Ter que ficar só olhando

Quem sofreu tem sentimento
Quando vê alguém sofrer
Quem foi pobre tem noção
De quem não tem o que comer
Quando vê alguém sofrendo
Procura estender a mão
Não precisa dar dinheiro
Quem tem fome quer é pão

Agradeça a nosso Deus
Por tudo o que se tem
A água então, meu amigo
É o melhor dos nossos bens
Sem água não se tem vida
Não dá pra molhar o pão
Tá presente até no sangue
Que passa no coração

Os segredos do jardim

Paulo A.

Deu trabalho, levou tempo
Pesquisei, eu fui ao fim
Mas achei alguns segredos
Das flores lá do jardim
Beija-flor é o carteiro
Que faz a correspondência
Tem muita intimidade
Ele voa com Licência

Me contou que beija as flores
Mas com respeito e cuidado
Porque a rosa tem ciúmes
Do cravo seu namorado
Diz que o beijo é passageiro
Que não pode demorar
Porque tem medo que as flores
Possam até lhe processar

Ali são tantos amores
Que não consigo explicar
Saia branca e coqueirinho
Se gostam e não querem falar
Moça velha tem inveja
Ao ver as outras namorar

Imagina sua idade
E pensa não mais casar

Tem o cravo de defunto
É triste esse nome seu
A dália e outras flores
Pensam que ele já morreu
Em defesa desse cravo
Aparece o lírio branco
Dizendo ser milionário
Que tem a chave do banco

Beijo branco é apaixonado
Pela tal de onze-horas
Só que ele não deixava
Mas coitado, chega chora
Agracha ressabiada
Não conta nada a ninguém
Mas eu já estou sabendo
É vergonha que ela tem

O comigo-ninguém-pode
Já tem um namoro certo
Pra que medo, ele não nega
Ama a rosa do deserto
Os outros todos já sabem
Não tem nada encoberto
Ninguém não se mostra contra
O casamento tá perto

Boa-noite despediu
Diz que foi pra não voltar
Que amava a samambaia
Com ela ia se casar
Mas ela o descartou
Disse a ele a trepadeira
Que não pensa em casamento
Não passa de uma bobeira

Tem o tal copo-de-leite
Casou, está sossegado
A folhagem é sua esposa
Adora viver a seu lado
Só o que ela não imagina
É que o copo tá vazio
Já pode ser descartado
Tem andado muito frio

O jasmim não se preocupa
Namora por namorar
Tem uma amizade imensa
Não consegue calcular
O seu suave perfume
Se espalha pelo jardim
Fica tudo apaixonado
É o princípio e o fim

E o brinco-de-princesa
Anda todo envaidecido
Diz que ama brilhantina
E que quer ser seu marido
Já se sabe no jardim
Não é amor escondido
Já podem ter a certeza
Ninguém está iludido

A perpétua sem perfume
Vive aos prantos a chover
Disse que no seu jardim
Não quer se apaixonar
Assim sempre às escondidas
Consegue cartas mandar
São todas endereçadas
À flor de maracujá

É um orgulho pra mim
Poder falar sobre as flores
Mas isso é só um princípio
Ali tem muitos amores
Elas são apaixonadas
É amor sem igual
O colorido do mundo
Assim de modo geral

Visite nossa última morada

Autor: Paulo

Tira uma hora
Do seu tempo, meu amigo
Vá à visita
À nossa última morada
Lugar tranquilo
Lá num canto da cidade
Nosso descanso
Não precisa pagar nada

Se você for
Não precisa levar dinheiro
Porque verá
Que não tem nada pra comprar
Só é preciso
Usar a sua memória
Porque ali
A gente aprende a pensar

Você vai ver
Onde tudo acaba
Entrou ali
Todo sonho desmorona
Ali não tem
Classe alta, média ou baixa

Rico ou pobre
Tá todo mundo na lona

Não tem idade
Onde todos são iguais
Não tem amigos
Mas também não tem vivais
Se aqui fora
Você humilhou alguém
Mas ali dentro
Você não humilha mais

O inimigo
Que aqui você odiava
Entrou pra lá
Todo o ódio acabou
Não tem vingança
Parecem todos crianças
Só aguardando
A decisão do Senhor

A sua casa
Aquela mansão milionária
Onde calçado
Ninguém podia entrar
Você esquece
Nunca mais vai entrar nela
E o seu carrão
Outra pessoa vai usar

A namorada
Que você tanto amava
Ou a esposa
Que te tratava tão bem
Pode esquecer
Não vai haver mais contato
Nesse presídio
Comunicação não tem

Sua fazenda
Vai pra mão de outro dono
E o seu gado
Nunca mais você verá
A sua mãe
Que com carinho tratava
Você não sabe
Como os outros vão tratar

Aquelas roupas
De marca que você usava
Vão ser doadas
Jamais você vai vestir
Tem que entender
Que vai morar no cemitério
E nunca mais
Você vai voltar aqui

Se você fez
Algo bom para as pessoas
Tenha certeza
Por muitos será lembrado
Mas ao contrário
Foi valente ou enrolado
Ninguém te lembra
Tá muito bom enterrado

Se você foi
Daqueles tipo bacana
Que até negava
Um bom-dia pra alguém
Aí, agora
Você tá no lugar certo
Não é preciso
Você saudar mais ninguém

Por isso é bom
Não olhar o que se tem
Não deixe o ouro
Subir pra sua cabeça
Seja bondoso
Alegre e educado
No cemitério, amigo
Tudo termina
O que se tinha
Tenha certeza, esqueça

Um exemplo de um pai lavrador

(Paulo Ali)

Nesses versinhos
Que estou escrevendo agora
Quero lembrar
Um homem trabalhador
Profissional
Que ficou lá no passado
Que antigamente
Se chamava lavrador

Aquele homem
Que tinha as mãos calejadas
A pele grossa
Que pelo sol foi queimada
As suas vestes
Era um chapéu de palha
Velha botina
E as roupas remendadas

Homem que sempre
Levantava às madrugadas
Um cafezinho
Era só o que lhe cabia
Pegava a foice

A lima e a moringa
E sem escolha
De tempo ele saía

Pisava relva
Molhada pelo orvalho
Esse era o jeito
Pois tinha que trabalhar
Ganhando pouco
Muitas vezes humilhado
Mas era a vida
Que ele tinha que levar

Lá pelas onze
O seu almoço chegava
Aqui falando
Parece até ser mentira
E muitas vezes
Arrozinho com feijão
Uma serraia
Com um ovinho caipira

Ali sentava
No chão em qualquer lugar
Sem ter sossego
Nem mesmo pra refeição
Importunado
Por marimbondo, abelhas
Assim era a vida

Do homem lá do sertão

Só o trabalho
Dinheiro era mistério
Salvo a colheita
Que uma vez por ano dava
Era o momento
De salvar alguns troquinhos
Comprar a roupa
Que quase já lhe faltava

A sua safra
Cheirava a sangue e suor
E o valor
Eu nem gosto de lembrar
Carro lotado
Deixava só a poeira
E o dinheiro
Nem precisava contar

E assim era
Cada ano que passava
Não tinha jeito
A história se repetia
Nunca perde a esperança
E sempre pensa
Poder ser feliz um dia

Assim o tempo
Vai registrando a idade
E a velhice
Vem trazendo sofrimento
A vida passa
E tudo fica sem graça
E o lavrador
Fazia mal pro sustento

Por isso digo
Esse povo foi herói
Que trabalhava
Como se fossem raiz
Desenvolvia
Serviço embaixo da terra
Era escondido
Mas era um povo feliz

Eu me refiro
À vida do meu velho pai
Sofreu demais
Mas doze filhos criou
Venceu seu tempo
Despediu-se, foi embora
Mas foi bonito
O exemplo que nos deixou

Uma gestação

Autor: Paulo Arancio

A mãe transborda
De tanta felicidade
Quando percebe
A gestação de um filho
Fica carente
De amor e de carinho
Também pudera!
Uma criança é um brilho

Passa depressa
A notícia a seu marido
Que logo fica
Estudando o que fazer
Primeira coisa
Dar amor à companheira
E em seguida
Um bercinho pro bebê

Aí começa
Planejar as miudezas
A mamadeira
Roupinhas e algo mais
Os sapatinhos
A touquinha e a chupeta

É coisa certa
Para ajudar na paz

Se o casal
Nasceu de um grande amor
Tenha certeza
É pura felicidade
O tempo para
Parece não mais andar
Mas é a pressa
Que faz a gente pensar

O bom marido
Nessa fase é puro amor
Busca entender
As dores da companheira
Mantém a calma
Quando vê ela nervosa
Pois nessa fase
Isso é coisa rotineira

E assim segue
Nove meses e alguns dias
É a espera
Não devem antecipar
É como um fruto
O filho de uma planta
Tem seu percurso
Do nascer ao madurar

Mas tudo passa
E quem espera consegue
Chega-se o dia
A criança quer nascer
É muita dor
Pra uma mãe nesse momento
Pra dar a vida
A quem precisa viver

Nossas parteiras
Não têm mais aquele aval
É bem comum
Que se leve ao hospital
Às vezes correm
Antecipando a chegada
É mais seguro
Estando bem acompanhada

Alguns minutos
Sem tempo determinado
Eis o aviso
Que a criança nasceu
Ah, na espera
O pai fica emocionado
Uns ajoelham
Agradecendo a Deus

Assim o lar
Recebe uma nova vida
Até parece
Ser um dia de Natal
Ficam felizes
Abraçam, beijam a criança
É o momento
Pôr o primeiro enxoval

Os pais se abraçam
Eu não sei nem explicar
A felicidade
Que se tem nesse momento
Parece a terra
Se unindo com o céu
E os anjinhos
Trazendo seus ornamentos

Que esses versos
Sirvam de alerta aos pais
Que a seus filhos
Não dão muita atenção
Não descobriram
O valor de um nascer
Pra que casar?
Um homem sem coração

Despedida do Padre Sivaldo

É bem difícil
Fazer uma despedida
Mas sempre um dia
Isso tem que acontecer
Como aqui, hoje
Não é nada diferente
Alguém que parte
E veio pra nos dizer

Essa pessoa
Não sei como avaliar
São incontáveis
Os trabalhos feitos por ela
Deixou seu cunho
Em nossa comunidade
E uma luz
Fez nossas vidas mais belas

Foram seis anos
Frente à nossa paróquia
Uma fogueira de amor
Se acendeu
Padre Sivaldo
Com sua voz de alerta
A flecha certa
Pra todo filho de Deus

Com seu apoio
Alavancou as pastorais
Nas construções
Foi um líder verdadeiro
Em cada igreja
Ele deixou tijolinho
E em suas palestras
Foi muito bom conselheiro

Entre outras coisas
Está a Missa Sertaneja
Que em pouco tempo
Conquistou a multidão
Padre Sivaldo
Trouxe aquele grito forte
Onde se diz assim:
Seguuuura, Cristão

Esse seu grito
Tem impanço do céu
Acende o fogo
Onde nem brasa existe
Qualquer pessoa
Nessa hora se desperta
É alegria
Pra quem antes estava triste

São tantas coisas
Mas umas mais se destacam
Estou lembrando
Aquelas missas da aurora
Nas madrugadas
Lá estava nosso P. E.
Sempre contente
Como estão vendo agora

Em nossas festas
Ele marcava presença
Por tudo aquilo que faz
Se dependesse
Desse povo jaruense
Padre Sivaldo
Daqui não saía mais

Seu jeito simples
Conquistou a amizade
De todo o povo
De Jaru e região
Tenho certeza
Que toda comunidade
Tem o seu nome
Gravado no coração

A sua ausência
Nos deixa muita saudade
Momento triste
Mas temos que aceitar
Quem se dedica
Trabalhar para Jesus
É um soldado
Que nunca pode parar

Jaru agora
Está alegre e triste
Com tantos lucros
Nem previa o prejuízo
O nosso padre
Deixando nossa cidade
Nesse momento
Que seria mais preciso

Eu me despeço
Em nome dos jaruenses
E peço a Deus
Que o possa acompanhar
Padre tem a chave de Jaru
Só resta mesmo
Ele decidir voltar

Onde terminam os sonhos

Lá num canto da cidade
Existe um grande portão
Ali que terminam os sonhos
De todos os cidadãos
Ali não entra dinheiro
Não tem negociação
É onde rico e pobre
Têm a mesma posição

Entra negro, entra branco
Amarelo, qualquer cor
Não precisa passaporte
Para a morte, meu senhor
Quem vai pra lá deixa tudo
Acaba todo apego
Esquece até seu amor
Isso sim que é sossego

La ninguém possui vício
Em carro lá ninguém fala
O cabra mais falador
Entrando pra lá se cala
Não tem discussão nem briga
Não há desentendimento
Quer ver cabra educado
É só procurar lá dentro

Lá o grande pecuarista
Esquece o gado que tem
Não compra, também não vende
Negociar? Com ninguém
Cobrador ali não cobra
Também quem deve não paga
Esse é um lugar perfeito
Se pensar melhor estraga

Violeiro perde a fama
O cantor não canta mais
Baterista lá não bate
Isso é lugar de paz
Cozinheira não cozinha
Também lá ninguém tem fome
Dorme de cara pra cima
É o fim de todo homem

Lã não tem o tal político
Advogado nem juiz
Até acho ser por isso
Que o povo lá é feliz
Ninguém planta, ninguém colhe
Pois não tem como vender
O ouro lá é comum
Ninguém quer nem conhecer

Quem pescava lá não pesca
Levar vara nem pensar
Já dorme junto às minhocas
O cabra que vai pra lá
Não tem noite, não tem dia
Relógio lá ninguém usa
Se você der de presente
Um Rolex eles recusam

Namorar ninguém namora
Não que seja proibido
Mas ninguém quer levantar
Não querem ser exibidos
Brincadeira nem pensar
Ninguém pensa em brinquedo
Não se deitam nem levantam
É mistério e segredo

Mulher lá não veste curto
Ninguém liga pra olhar
Não faz unhas, não pinta cabelos
Liga nem pra pentear
Engraxate não engraxa
Fica difícil lustrar
E o pior disso tudo
Ninguém tem onde gastar

Ali não tem professor
Ninguém pensa em jogar bola
O povo não perde tempo
Correndo atrás do tempo que rola
Ninguém bebe uma cachaça
Mas também não cheira cola
Não valorizam o samba
E nem moda de viola

Portanto quem aqui ler
Não fique aí parado
Pode ser que a morte esteja
Com a foice do seu lado
Se der um passo se vai
Se ficar se está lascado
Não se tem uma saída
Quando o tempo é o tempo chegado

Mas não esquente a cabeça
A vida é sempre assim
Tem gente que morre velho
Outros já morrem novinhos
Importante é crerem em Deus
Ele prepara o caminho
Nos dando a água da vida
Nunca vou estar sozinho

Baile familiar

Autor: Paulo Amancio

A gente vai esquecendo
O que ficou para trás
Só bastam mais alguns dias
Ninguém vai se lembrar mais
Por isso quero lembrar
Quarenta anos passados
Aqueles bailes da roça
Pra mim ficou registrado

As festas aconteciam
Iam até o sol raiar
Sempre em casa de família
Não havia outro lugar
Sempre tinha uma pessoa
Que espalhava o recado
Falando sobre o evento
Que estava planejado

O convite era caipira
Mais ou menos bem assim:
Sábado que vem agora
Vai ser no Seu João
Com churrasco e cachaça
O negócio vai ser bom

A barraca já tá pronta
Só falta molhar o chão

Todo mundo já sabia
O que ia acontecer
Tinha muitos a propósito
Passava por lá pra ver
Era assim que acontecia
As festas no interior
Não tinha carro de som
E nem salão, meu senhor

Assim que chegava o dia
O pai juntava a família
E a pé ou a cavalo
Todos chegaram ao local
Lá estava o sanfoneiro
Sobre uma mesa sentado
Juntamente um pandeirista
Que sempre estava do lado

O dono da casa saía
Passava o seu recado
Vivite a tal confusão
Era seu comunicado
Dizia pro sanfoneiro
Pra poder puxar o fole
Mas antes da franquiava
Pra ele tomar um gole

Começava ali a dança
Era adulto e criança
Todos podiam brincar
Era uma simplicidade
Ali o que acontecia
Por ali se resolvia
Já vi cabra amarrado
Por grande necessidade

Assim ia a noite afora
Lá pra umas duas horas
Paravam para um lanche
Todos podiam comer
Depois de barriga cheia
Reiniciava o pagode
Era um salva quem pode
Ia até o amanhecer

Eu aqui estou narrando
Quem estiver me escutando
Medite o que estou falando
Com bastante atenção
A festa era animada
Uma gente educada
Não tinha essa brigalhada
Como hoje, meu irmão

Assim que o sol nascia
A barraca iluminava
Todos entravam pra casa
E as portas se fechavam
Lá dentro o pau quebrava
Mas tudo sem discussão
Ia até o meio-dia
Conforme a ocasião

Ali terminava a festa
O povo se despedindo
Todo mundo ia saindo
Já pronto em voltar
Porque a coisa era boa
Cativava as pessoas
Não tinha a tal macacoa
Um ditado popular

Hoje é muito diferente
Não se pode confiar
Uma pequena festinha
Tem que ter um alvará
Não se pode entrar criança
É grande a ignorância
Já tô na maior idade
Mas eu também não vou lá

Os insetos

Autor Paulo A

O homem tem seu trabalho
Os animais também têm
Até os insetos trabalham
E merecem nota cem
A minhoca, por exemplo
Vive perfurando o chão
Se alimenta com a terra
E faz a oxigenação

A formiga é um exemplo
Do valor da união
Pra conseguir alimentos
Fazem longas filas no chão
E assim todos os dias
Em forma de procissão
Elas fazem seu trabalho
E com muita perfeição

A cigarra é a cantora
O seu palco é o galho
Fazem lindas melodias
Faz parte do seu trabalho
Das plantas retiram a seiva
E o seu alimentar

Se pouco de sua vida
Acho bom não ampliar

O grilo só não faz dupla
Mas canta como a cigarra
Eu acho que por ser tímido
Só em casa faz a farra
Mas tem um som estridente
De longe dá pra ouvir
Agradeço à Criação
Por esses seres existirem

São milhares de insetos
Mas muitos vivem calados
Um deles a centopeia
Vive um silêncio danado
Debaixo das folhas mortas
Em lugar bem reservado
Ali é seu paraíso
Quem sabe um reino encantado

Aí vem o gafanhoto
Vê se entende o que falo
Esse inseto ao voar
Produz um som, um estalo
São terríveis devoradores
É bom ter muito cuidado
Entrando em uma lavoura
Faz um estrago danado

Não podia esquecer
Nossa amiga tocandira
Colocando em destaque
Porque a gente admira
Quem leva uma ferroada
Esquece a felicidade
Ainda bem que esse inseto
Não mora aqui na cidade

Tem o tal do pernilongo
Ô bichinho esquisito
O seu canto incomoda
E não é nada bonito
Quem dorme à noite com eles
Acorda todo indisposto
O bicho pica os pés
Não respeita nem o rosto

Agora, a abelha, amigo
É um ser bem diferente
Produz um mel saboroso
Que agrada a toda gente
Nunca erra nos preparos
Fabrica decentemente
Eu quero ver outro mel
Pra poder sair na frente

Carrapato é um inseto
Que causa preocupação
O bicho perfura a pele
De gente ou criação
Permanece agarrado
Suga sangue em quantidade
Até encher a barriga
E matar sua vontade

Ah! Eu me lembro da barata
Um inseto porcalhão
Ataca os alimentos
Que ficam à disposição
Esse é um dos insetos
Que temos que ter cuidado
Ao consumir alguma coisa
Por ela contaminado

Não sou contra os insetos
Tudo tem que existir
Mas tudo tem seu lugar
Não precisa discutir
O fogo lá no fogão
O gelo na geladeira
A pinga no alambique
Cadeado na porteira

Mãe Aparecida

Ó Senhora Aparecida
Que uma vez sendo encontrada
Nas águas do Paraíba
Por todos é venerada
Coroada padroeira
De um povo varonil
Dessa pátria tão amada
Que tem por nome Brasil

Esse seu manto azul
Todo enfeitado de luz
Nos mostra perfeitamente
Que és a mãe de Jesus
Aquele que padeceu
E por nós morreu na cruz
Mas que foi ressuscitado
E nos trouxe grande luz

És a mãe de todo povo
Que ama sem distinção
Seja negro, seja branco
Ela conduz pela mão
Levando até seu filho
A nossa lamentação
Ele vem a nosso encontro
Nos dando consolação

Ela é só uma mãe
Com muitos nomes escritos
Conforme as aparições
Cada um é mais bonito
Se as coisas não vão bem
É comum se ouvirem gritos
De pessoas que imploram
À senhora dos aflitos

A saúde dos enfermos
E luz na escuridão
Sendo ela mãe dos povos
Nós somos todos irmãos
Quem é filho de Maria
Tem a bênção todo dia
Vive toda a ousadia
Não é como filho pagão

Ela é a estrela guia
É quem nos mostra o caminho
Em Caná da Galileia
Ela mostrou seu carinho
Quando o povo reclamou
O pedido ela acolheu
A seu filho recorreu
Ele fez da água vinho

E hoje se você pede
Espera na confiança
Ela tem muito cuidado
E nos vê como criança
Recorre a seu filho amado
Entrega nosso pedido
Pode aguardar confiante
Porque vai ser atendido

Ela faz tudo por nós
Ela é mãe por amor
E está sempre presente
Na alegria e na dor
Nos momentos mais difíceis
Ela estende sua mão
É sempre virgem das virgens
Senhora da Conceição

Deixar o povo contente
É o que eu sempre quis
Um sorriso em cada rosto
Isso me deixa feliz
Que ao voltarmos para casa
Sintamos mais fortes na fé
Que sejamos mais devotos
À Virgem de Nazaré

O homem e o desenvolvimento

Autor: Paulo A.

Peço licença
Pra expressar meus pensamentos
Coisa que a todo momento
Me traz indignação
A nossa gente
Na ganância de crescer
Acho que pagam pra ver
As mudanças desse torrão

Lá no passado
O homem tinha espaço
A boiada era presa
Tinha gado até no laço
Mas foi mudando
Tudo ficou diferente
O boi agora tomou
O lugar que era da gente

O gado agora
Conquistou o nosso chão
Essa é minha opinião
Meu modo de observar
O homem hoje
Parece aprisionado

Com espaço limitado
Que dá pena a gente olhar

Os nossos rios
Eram limpos, liberados
Qualquer um pobre coitado
Podia um peixe pescar
Olhando agora
Vejo tudo diferente
As cercas impedem a gente
Um banho tem que pagar

As nossas águas
Não são mais as do passado
Tá tudo contaminado
A terra, até o ar
Os animais
Também perderam espaço
Estão vindo agora à cidade
Pra poder se alimentar

Os pecuaristas
Cobiçam nossa floresta
O pouco que ainda resta
Eles querem desmatar
Não se preocupam
Com nossa temperatura
Só tem um lá nas alturas
Que pode nos ajudar

Autoridades
Falam muito e pouco fazem
Isso é triste demais
Não temos a quem recorrer
O tal dinheiro
Tá comprando até juiz
A vida está por um triz
Só Deus pra nos socorrer

Os nossos índios
Estão sendo enganados
Vivendo a simplicidade
Não conseguem entender
Os garimpeiros
Estão levando todo o ouro
De modo silencioso
Que poucos conseguem ver

Nossa madeira
Aos poucos estão minando
Só as clareiras ficando
Em meio ao matagal
E os fiscais
Não dão solução de nada
A Amazônia tá ferrada
A coisa tá indo mal

De vez em quando
Um incêndio acontece
A vegetação padece
Junto com seus animais
Ver o avanço
Do fogo em nossa flora
Meu pobre coração chora
Vendo essa cena voraz

Mas na verdade
Se pararmos pra pensar
Temos que nos conformar
Com essa situação
O povo hoje
Só pensa mesmo em poder
Juntar dinheiro, crescer
Andar sem tocar o chão

Um pouco triste
Faço minha despedida
E creio que nessa vida
Tem mesmo que ser assim
Mas o amanhã
Me traz uma esperança
A gente espera e não cansa
Isso pode ter um fim

Sonhei com a mãe terra

Tive um sonho muito lindo
Estou tentando lembrar
Como tudo aconteceu
Não quero em nada falhar
Pra que fique esclarecido
Vou narrar bem devagar
Se ficar alguma dúvida
Outra vez posso contar

Em sonho fui felizardo
Eu era um beija-flor
Voava sobre um jardim
Nas flores buscando amor
Ainda sinto o perfume
Que em cada uma encontrei
Juro que estou com saudades
Foi um momento de vei

Minhas asas coloridas
Batiam talvez a mil
Não esqueço aquela cena
Me causa até arrepio
Foram milhares de voltas
Não tenho como esquecer
Pode sair da lembrança
Somente quando eu morrer

Nesse voo colorido
Conheci vários caminhos
Sobrevoei muitas pedras
E também muitos espinhos
Ouvi a canção perfeita
Que a natureza tem
A voz mais pura do amor
Ali não tem pra ninguém

Em sonho a terra clamava
Até chorava de dor
Pedindo a todos os homens
Pra que tenham mais amor
A ele dou alimentos
Em grande variação
Não vou citar quantidade
Porque não tenho noção

Falou dos inseticidas
Que recebe sem cessar
Já se sente sufocada
Tem enjoo ao respirar
Preferia ser cortada
Como era a golpes de enxada
O tempo que se passou
Seria muito bom voltar

Disse que é nossa mãe
E até me interroguei
Que mal foi que ela fez
Que ao homem ironizou
Queria muito saber
E até pedir perdão
Sou eu que recebo seu corpo
Para a decomposição

É prova que sou presente
Do nascer até a morte
Sem me importar com seu nível
Isso é seu grau de sorte
Pode ser um milionário
Ou um pobre humilhado
Sou berço da humanidade
Do rico ao desgraçado

Reclamou porque os homens
Não querem mais o seu contato
A prova é que eles querem
Cobri-la toda de asfalto
Nas casas ninguém mais vê
O piso é porcelanato
Não se pode entrar calçado
Reclamam até dos gatos

Dizem que me compram e vendem
Com isso sou revoltada
Eu não tenho dono aqui
Para ser negociada
Os homens são passageiros
Ninguém aqui vai ficar
Só eu vou permanecer
Se Deus assim aprovar

Diante desse clamor
Aprendi uma lição
Preciso me instruir
Pra preservar esse chão forte
Nós não temos outra fonte
Que possa nos dar a mão
Temos que ajoelhar
E à terra pedir perdão

Do meu sono despertei
Só um sonho vi que era
Mas meus olhos ainda viam
Enfeites de primavera
Beijei a terra lá fora
Fiquei tempo ajoelhado
Não vi Deus, mas eu senti
Que ele estava a meu lado

Acredito na juventude

Peguei caderno e caneta
Que eu tinha na gaveta
E comecei a escrever
Não sei qual foi a demora
Uma e meia, duas horas
Concluí esse dever

Falar sobre a juventude
Foi essa minha atitude
Eu não pude me conter
Descobrindo seu valor
Não precisa mais favor
Só basta se converter

Juventude inteligente
Tem o mundo pela frente
Que saibam aproveitar
Busquem em Deus sabedoria
Ele será o seu guia
Por onde você andar

É você nosso futuro
Nisso sou seguro
E nunca perco essa fé
Pode até cambalear
Mas nunca vai desabar

Pois Jesus Cristo não quer

Juventude é alegria
É festa, é melodia
É amor e esperança
É nosso porto seguro
É capital com bom juro
Eu creio nessa aliança

É orgulho de seus pais
É isso e muito mais
Só depende de você
Uns dizem: tal pai, tal filho
Vocês podem ser um brilho
Depende do vosso querer

Velho Caubor

Sentado à cerca
De uma arena de rodeio
Vi um velhinho
Cabisbaixo, pensativo
Aproximei-me
E sentando a seu lado
Passei a ele
Pensamentos positivos

Eu perguntei
Sobre a sua tristeza
Ele foi franco
E fez questão de responder
Isso é lembrança
Do tempo em que fui peão
Mas hoje espero
Ter cumprido o meu dever

As montarias
Que eu fazia tinha apostas
Grandes quantias
Se disputavam ali
Eu que esbanjava
As forças da mocidade
Sempre vencia
Juro que nunca perdi

Tinha meus fãs
Sempre fui muito aplaudido
Uma amizade
Que não devia esquecer
Mas tudo isso
Foi na minha juventude
Agora, moço
Só estou vendo você

A minha traia
Eu não sei por onde anda
Não tenho família
Sigo a direção do vento
Eu que corria
Que dançava a noite inteira
Hoje cansado
Caminho a passos lentos

Não tenho esposa
Nem um filho pra me ver
Levo uma vida
Mergulhado na tristeza
Um dia como
Outro dia como
Outro dia passo fome
Peço desculpas
Por usar essa franqueza

Eu só espero
Que o senhor me compreenda
Eu precisava
Muito desabafar
Agora, moço
Já expliquei o motivo
Foi um alívio
E só me resta chorar

Entre soluços
Continuo me dizendo
Que perdeu tempo
Em busca de ilusão
Carro, dinheiro
Mulher, luxo e muita fama
Não se lembrava
De pôr Deus no coração

Hoje me vejo
Aqui no fundo do poço
E só pro alto
Agora consigo olhar
Arrependido
Eu choro todos os dias
Sempre pedindo
Pra Jesus me perdoar

Convite do caipira

Venha comigo
Conhecer minha morada
Só não repare
Que é um rancho beira-chão
Pode entrar
Não tem que tirar calçado
Porque o piso
Aqui também é de chão

Como está vendo
Nosso fogão é à lenha
A nossa cama?
Espero não servir de vaia
Foi toda feita
Com pau bruto lá do mato
Nosso colchão?
O enchimento é de palha

A nossa água
De beber é lá do pote
Tem a moringa
Que é de levar pra roça
Pois não repare
Seu moço, eu sou caipira
É diferente
É assim a vida nossa

Tem o pilão
Que é pra pilar o arroz
A espingarda
Pra defender a mistura
Quando não pesco
Uns peixinhos no riacho
Vou mais pra baixo
Caçar umas saracuras

Às veze uso
Umas roupas remendadas
Porque é esse
O estilo do sertão
Chapéu de palha
Com as abas desfiadas
Aqui eu ando
Às vezes de pé no chão

Tem muita gente
Que abusa quando eu falo
Eu não sei ler
Nem escrever, nem contar
Eu nunca fui
Numa escola, meu senhor
Mas eu não roubo
Eu aprendi a trabalhar

Sei manejar
A foice e a enxada
Eu sei plantar
Sei cuidar até colher
Minha colheita
Sobra pro próximo ano
Minha família
Não dá conta de comer

A engenhoca
Não sei se o senhor conhece
Ali é onde
Retiro o caldo da cana
Economizo
O açúcar, até a água
Bebo café todo dia da semana

Eu não podia
Esquecer nossa igrejinha
É onde a gente
Se reúne pra rezar
Lá deixo tudo
Deposito minha vida
Minha família
Entrego naquele altar

O cavalo foi professor

Tem gente que não percebe
Parece que vive em vão
Eu já vi seres humanos
Aprenderem com criação
Aqui conto um exemplo
Que nos serve de lição
Pra quem é muito sensível
Prepare seu coração

Eu conheci um rapaz
Na cidade São Gonçalo
Gostava de animais
E possuía um cavalo
Era amigo, era xodó
Considerados irmãos
Mas o moço teve uma falha
Numa negociação

Ele trocou uma casa
Em um carro importado
Conforme o valor do imóvel
Teve que voltar uns trocados
O dono do automóvel
Bastante interessado
Pediu logo o animal
Pra ficar tudo acertado

O rapaz um pouco com dó
Porém dispôs do cavalo
Assim ficou ajeitado
Ficando tudo no estalo
O homem muito contente
Levou o seu animal
O que ele não sabia
É que agora vinha o mal

Chegando com o animal
Apresentou à família
Foi o mesmo que uma pedra
De valor que muito brilha
O animal muito manso
Coisa de se admirar
Ninguém colocava sela
Não era pra se amontar

Só que uma coisa estranha
Todos começaram a notar
Já se passavam três dias
O animal sem se alimentar
Ficou um caso sem jeito
Apelaram pro doutor
Depois do examinado
O profissional falou

Devolva ele a seu dono
Lá onde o senhor comprou
Eu acho que ele sentiu
Animal tem muito amor
E se o caso for esse
Nem precisa observar
Só de ver o seu amigo
Volta a se alimentar

O homem mais que depressa
Conduziu o animal
Levou ele pra seu dono
E descobriu logo o mal
Assim que ele foi chegando
De alegria relinchou
Em um cocho assim ao lado
Com milho se alimentou

O condutor disse: seu moço,
Nosso negócio encerrou
Fique com seu animal
Ele ama o senhor
Cuide dele com carinho
É tudo o que ele merece
Não ponha mais a negócio
Vender nunca mais, esquece

Essa foi uma lição
Que me ensinou demais
Descobri que muitos homens
Não amam como os animais
O senhor o trocou por dinheiro
Mas ele não aceitou
Ele fez até regime
Pra reconquistar seu amor

O homem casa, separa
Parece que não tem paz
Deixa seus filhos chorando
Isso é duro demais
O animal não faz isso
Eu não sei por qual razão
Eles cuidam dos seus filhos
E nunca os deixam na mão

Portanto, esse negócio
Deixo claro pro senhor
Eu fiquei no prejuízo
Mas nada abalou
Tivemos um grande ensino
Não sei se o senhor notou
Aqui nós fomos alunos
O cavalo, professor

Você também envelhecerá

Aquela velhinha
Que você vê ali num canto
Sentada numa cadeira
Já sem forças pra caminhar
Foi uma jovem
Bonita e cobiçada
Alvo da rapaziada
Ali daquele lugar

Tinha um corpo
Muito lindo, atraente
Chamava atenção da gente
Todos queriam olhar
O seu sorriso
Era algo inebriante
Coisa que a todo instante
Se podia observar

Era uma jovem
Que esbanjava beleza
Falo com muita certeza
Não é de se esconder
Foi destaque
No meio da juventude
Se o passado voltasse
Todos poderiam ver

Mas treze anos
Catorze foram contando
Ela foi se apaixonando
Por alguém a seu redor
Bem de repente
Ficou por todos notado
Um casal de namorados
Ali vivia um xodó

Foram olhares
Que muitas vezes cruzaram
Sorrisos que acompanharam
Ingredientes do amor
E foi assim
Nesse tempero bem-feito
Não se via um só defeito
E o casamento chegou

E um casal
Seguindo o caminho certo
Chegam os filhos, vêm os netos
Cresce e se multiplica
É muito lindo!
Ver esse procedimento
É massa que tem fermento
A família é coisa rica

Só sei que a jovem
Da qual eu vinha falando
Foi aos poucos definhando
Perdendo seu visual
É como estrela
Que vai perdendo seu brilho
Dedica a vida aos filhos
Isso é muito natural

Foi transformando
Aquele corpo bonito
Foi ficando esquisito
Ninguém mais queria olhar
Ficou um rosto
Assim bastante enrugado
Nunca mais aquela jovem
Atraente do lugar

Agora vive
Ali num canto sentada
Fala pouco, quase nada
Ele prefere se calar
O tempo todo
Meditando seu passado
O que mais lhe faz agrado
Ver seus netinhos brincar

Do mesmo modo
É você, moça ou mocinho
Que hoje tá bonitinho
E pensa ser sempre assim
Você também
Vai perder as qualidades
Pois a força da idade
Te transforma de mansinho

Se você, jovem
Se aproximar de um velhinho
Trate ele com carinho
Ajude-o se precisar
Porque você
Também tá nesse caminho
E não tem outra saída
Um dia envelhecerá

Abrace a todos
Que encontrar pela estrada
É bem longa a caminhada
E o cansaço virá
E o seu próximo
Poderá ser um velhinho
Que lhe servirá a água
Pra sua sede saciar

Devolva o carinho que recebeu

Por mais que a gente saiba
Mas precisa aprender
Alertar os nossos jovens
É um bonito dever
Hoje o mundo é diferente
No ensino, na educação
Filho não respeita os pais
Vivem em contradição

É por isso que na calma
Com respeito vou dizer
Se você tem seus problemas
Guarde eles pra você
Não descarregue seu ódio
Na sua mãe, no seu pai
Traz pra eles um sorriso
Isso é lindo demais

Ouça eles com carinho
Devolva o que recebeu
No seu tempo de criança
Quanto trabalho você deu
Às vezes você chorava
Por falta de leite e pão
E seus velhos com carinho
Lhe davam toda a atenção

Você sujava seu berço
Meia-noite, qualquer hora
E sua mãe te limpava
Rapidinho sem demora
Sem contar os primeiros passos
Sua mãe te ajudou
Ela foi seu andajá
E nunca te reclamou

Beijos que você ganhava
Abraços não foram anotados
Mamadeiras preparadas
Nada disso é lembrado
E aquelas musiquinhas
Que eram pra você dormir
Ela te fazia cosquinhas
Só pra ver você sorrir

Observando isso tudo
Eu sei que tem muito mais
Pra ver o filho feliz
Não há o que a mãe não faz
Ela dá a sua vida
Pra que seu filho possa viver
Agora o que ela espera
É seu filho corresponder

A mãe agora é criança
Os seus setenta chegou
Ela quer ter o carinho
Que um dia a você doou
Ela chora como você
Quer o leite e o pão
Mas acima disso tudo
Quer respeito e educação

Agora ela quer sorrir
E não encontra motivo
As doenças, os problemas
É o que tem no seu arquivo
Portanto, filho, é você
Que deve fazer isso agora
Faça uma cosquinha nela
Ela sorri sem demora

Se em um certo momento
Ela te aborrecer
Se afaste um pouquinho dela
Pra você se refazer
Mas nunca dê má resposta
Não é coisa que se faz
Quando ofende sua mãe
Agrada a Satanás

No encontro de mãe e filho
Jesus Cristo está presente
Mas nunca o enxergamos
Porque nós somos diferentes
Mas nos citou com clareza
Que onde dois ou três estiverem
Ele sempre está presente
Aumentando nossa fé

Se você se aborrece
Com alguém que te criou
Assim você tá mostrando
O tamanho do seu amor
Por certo se num asilo
Um dia for funcionário
Vai massacrar os velhinhos
E chamá-los de otários

Portanto mostre a seus pais
Que seu Deus lhe deu um brilho
Passe a eles o carinho
Que parilha com seus filhos
Deus também dará a ti
O amor que ele tem
É dando que se recebe
Não se negue a ninguém

História familiar

Peguei papel e caneta
E comecei a escrever
Lembrando nossa distância
Sempre buscando entender
Uma coisinha tão simples
Facinho de resolver
Separou nossa família
Só Deus pode resolver

Cinquenta e cinco anos
Mais ou menos foi o preço
Que a família pagou
Ficando sem endereço
Mas pela graça divina
E a modernização
Ouvi a voz de vocês
Tocando meu coração

Agora nos encontramos
Pela comunicação
Preciso ver da família
Mais que isso, união
Unindo as nossas forças
Encurtamos a distância
As estradas viram ruas
A gente vira criança

Saber da vossa existência
Me deixou muito feliz
Falo em nome da família
Pois assim a gente quis
Foi uma letra de todos
Pensamento que fluiu
Agora, estamos cheios
Preenchemos o vazio

Cessaram-se as procuras
Agora é comemorar
O perdido foi encontrado
Precisamos festejar
Partir o bolo do amor
E apagar a velinha
Cantando os parabéns
Com a família todinha

Pra mim é mais que uma festa
É grande celebração
Tios encontrando sobrinhos
Irmão encontrando irmão
Nós só não somos estrelas
Mas temos luzes no coração
E assim estando unidos
Humana constelação

Estou aqui aguardando
O dia pra gente se ver
Os olhares se cruzando
E todos sem entender
Eu creio que vai ter lágrimas
Os olhos não vão conter
Vai ser muita emoção
Não tem como descrever

Poder contar nossa história
De um jeito diferente
Não mais pelo telefone
Mas agora frente a frente
Poder sentir o calor
Num abraço apertado
E trazer para o presente
Ações do nosso passado

Já fiz um grande passeio
Em cima da nossa história
Vou mudar o meu assunto
Veja o que vem agora
Quero apresentar alguns nomes
Dos tios que vão conhecer
Vocês vão se divertir
Breve saberão por que

Aqui tem o tio Arlindo
Que a gente tanto admira
Com ele não tem tristeza
Seu sorriso contagia
Não calcula prejuízo
Isso pra ele é bobagem
Seu negócio é o futuro
Que vem com muita vantagem

Em seguida o tio Reis
A Dionísia e a Inês
Ali é só alegria
Os trinta dias do mês
Na sequência vem a Neuza
Seu modo vocês vão ver
E eu como estou narrando
Não vou nem descrever

Aqui eu vou terminando
Tudo tem que ter o fim
Não podia me esquecer
Apresento o tio Liadim
Só não vou falar dos primos
Porque tem gente demais
Mas são todos educados
É juventude de paz

Os animais

Macaco pula no galho
O sapo pula no chão
Porém a cobra se arrasta
Faz isso com perfeição
Jabuti não usa pressa
Mas chega a seu destino
E com boa companhia
Preguiça também tá indo

Veado corre demais
Quando se vê em apuro
A onça só na espreita
Usando lugar seguro
Carneiro tem uma calma
Mas é bom não confiar
Porque só bate certeiro
E não manda avisar

Tatu gosta de cavar
Nunca pagou construtor
Tem dom de mexer com terra
E faz isso com amor
A paca se aproveita
Cutia não fica atrás
Encontrar a casa pronta
É coisa boa demais

Animal bruto a anta
Não calcula o perigo
Ela enfrenta até o fogo
Pra fugir do inimigo
A queixada e o catete
Um pouquinho diferente
Sem opção pra fugir
Encara o que vê na frente

Onde tem tamanduá
Pode crer que tem abraço
Tem a cobra sucuri
O seu corpo é o laço
Na linha desses dois seres
Não pode errar o passo
Os animais mais fraquinhos
Não aguentam o regaço

A lontra bicho esperto
Assim no raiar do sol
Ela tem o seu jeitinho
Pesca peixe sem anzol
Veja bem a capivara
Que de boba não tem nada
Mergulha nas profundezas
E não morre afogada

Lagarto enfrenta serpente!
É coisa de arrepiar
Corre morde a batata
Se acaso ela lhe picar
Camaleão bicho esperto
Quando vê esse horror
Lá do galho de uma árvore
Ele até muda de cor

Quati não mede altura
Pra pular se for preciso
A cutia na corrida
Mija e faz seu improviso
Coelho admira tudo
E bota muita atenção
Não é à toa que vive
Debaixo do orelhão

Irara é um animal
Que detesta confusão
Procura manter a paz
Dentro do seu coração
Não ataca outros bichos
Uma boa informação
Consome alimentos frescos
Gosta muito de mamão

Gambá em sua defesa
Ele lança seu perfume
O seu couro ninguém quer
Não se usa em curtume
Calango nunca madura
Tem medo de ser comido
E adora terra quente
O sol é seu grande amigo

Jacaré adora praia
Gosta de aveia quente
Mas num rápido mergulho
Ele se esconde da gente
Dizem que choca com os olhos
Nisso eu não sou bem crente
Mas fico admirando
A força das suas lentes

Sei que devo ter deixado
Muito animal sem falar
Por isso peço desculpas
Eu não queria deixar
Amo muito os animais
E tenho a eles respeito
Os homens sem os animais
Seriam muito sem jeito

Homenageando a mulher

Tereza, Joana ou Maria
Raimundo, Rosa ou Daguia
Pode sorrir e cantar
Porque hoje é o seu dia
E eu quero muita alegria
Junto a vocês festejar

Não importa cor ou raça
Hoje devem ir às ruas
Mostrar sua ousadia
Deixe tudo, siga em frente
E mostre pra toda gente
Mulher, hoje é o seu dia

Não fique aí parada
Recordando águas passadas
Porque isso não faz bem
Você é a matéria mais prima
E foi Deus quem a escolheu
Então não tem pra ninguém

Seja Jacira ou Jerusa
Regace as mangas da blusa
Abra a boca e bata o pé
E diga pra todo mundo
Que você sente orgulho
Porque Deus te faz mulher

Você é a flor que desabrocha
Nas primaveras mais lindas!
Que o mundo já pôde ver
Você enfeita a natureza
E em meio a toda beleza
A maior delas é você

Você é a fonte mais pura
A mais doce criatura
Nem sei como a descrever
Deus criou muitas coisas belas
Mas classificando entre elas
Eu só encontro você

Quando o Natal vem chegando

Quando o Natal vem chegando
Eu fico observando
Como muda a natureza
Na terra é felicidade
É muito lindo esse dia
Tudo enche de beleza

É festa que contagia
Motivo de muita alegria
Aí vem Papai Noel
Crianças ficam contentes
Parecendo beija-flores
Voando em busca do mel

Eu às vezes imagino
Que Jesus Cristo está vindo
E pode chegar nesse dia
Porque é só nessa data
Que as famílias se reúnem
E esbanjam alegria

Dão sorrisos e presentes
Ninguém quer ficar ausente
Querem juntos festejar
Os avós que quase não saem
Ficam alegres demais

Vendo seus netos chegarem

O pinheirinho piscando
Parece nos alertando
Acordem, filhos de Javé
Jesus Cristo está nascendo
Abra o seu coração
Olhe com os olhos da fé

Ele agora quer nascer
Em mim, em você
No peito de cada irmão
Já ouço um sino tocando
Parece até que estou vendo
A nossa transformação

Trabalho de passarinho

Um certo dia
Eu estava desocupado
Fui pra varanda
Contemplar a natureza
O céu nublado
Um vento bem agitado
O clima estava
Fresquinho numa beleza

Eu me sentei
Numa cadeira de balanço
De onde dava
Uma visão para o jardim
Aí passei
A admirar minhas plantas
E o vaivém
Dos pequenos passarinhos

Um pardalzinho
Sempre ia e voltava
Por muitas vezes
Essa cena se repetia
Observando
Eu cheguei à conclusão
Me inteirei
Do trabalho que ele fazia

Com seu biquinho
Juntava pequenos ciscos
E conduzia
Pra construção do seu ninho
É muito lindo!
Poder ver essa beleza
Não tem salário
Trabalho de passarinho

Mas uma coisa
Que foi a maior surpresa
Foi um garoto
Que do nada apareceu
Com sua força
Usando uma baladeira
Pedra certeira
O pardalzinho morreu

É semelhante
Ao que vejo na cidade
Sempre acontece
Em meio à população
Quantas pessoas
No vaivém do trabalho
Às vezes morrem
Pelas mãos de um ladrão

Natal de esperança

Natal, mas que dia lindo!
Como pode ser assim
Até as estrelas no céu
Parece sorrirem pra mim
Na terra os passarinhos
Cantam lindas melodias
Imagino que eles sabem
O que se dá nesse dia

Já há mais de dois mil anos
Esse lindo caso se deu
No meio dos animais
Um santo menino nasceu
Pastores foram avisados
Pois um anjo apareceu
E disse: vão visitar
Nasceu o rei dos judeus

Assim eles lá chegando
Encontraram a família
São José com Jesus Cristo
E sua esposa Maria
Ali estava o rei
Numa simples estrebaria
Quem podia imaginar
Que eles nos salvaria

Tinha vida decretada
Sabia que ia morrer
Mas numa morte de cruz?
Nunca pude entender
Que crime fez esse homem?
Que ninguém nunca provou
Alguém tinha que mostrar
Onde foi que ele errou

Na cruz ele deu exemplo
Quando a todos perdoou
Nas mãos de seu pai querido
Seu espírito entregou
O céu se escureceu
A terra se abalou
Foi aí que entenderam
Que ele era o salvador

Preciso de liberdade

Eu sou só uma criança
Como uma pipa no ar
Preciso que tenha alguém
Pronto para me guiar
Preciso de liberdade
Mas com direito e dever
Quero correr pelos campos
Por que não? Brincar de esconder

Sou a flor que desabrocha
Em uma bela manhã de sol
Sou como uma borboleta
Cigarra ou rouxinol
Eu preciso de carinho
De tempo pra recrear
Seja na água, na terra
Não importa se eu me sujar

Não quero roupas de luxo
Nem calçado tô a fim
Eu só quero um amiguinho
Que fique junto de mim
Que me ouça e conte histórias
Que fale de um mundo encantado
Com bruxas, conto de fadas
Com castelos, e jardim

Pra mim só vejo presente
Que futuro, que passado?
Pra que lembrar o que foi?
Se vivo tão sossegado
Pensar o amanhã pra quê?
Se tenho Deus a meu lado
Não tenho medo da noite
Posso dormir sossegado

Hoje é um dos dias mais belos
Bem cedo me levantei
Mamãe fez uma surpresa
Juro que quase chorei
Ela deu-me um presente
Disse: é só uma lembrança
Hoje é doze de outubro
É o Dia da Criança

A vida que eu vivi

Vou contar só um pouquinho
Da vida que já vivi
Um passado de alegria
Amava o que consegui
Eu tinha minha família
Um dinheirinho guardado
Tinha até um armazém
Cereal armazenado

Seu moço, eu não era rico
Mas tinha o suficiente
Vivia uma vida boa
Juntinho com minha gente
Trabalhava muito pouco
Eu não tinha correria
No domingo eu descansava
Mas na igreja eu não ia

Sei que o tempo foi passando
Tudo começou a desandar
A mulher que eu tanto amava
Resolveu de mim separar
Ali foi uma surpresa
Difícil de aceitar
Mas deixei ela partir
Eu não podia segurar

Fiz ali uma partilha
De uma maneira qualquer
Muitos homens agem assim
Não valorizam a mulher
Ela levou muito pouco
Em vista do que eu tinha
Eu fui viver minha vida
Ela foi viver sozinha

Eu até estava feliz
Com a minha esperteza
Quando a gente sai vencendo
Não sabe o que é tristeza
Chorando ela foi embora
Com o pouco que lhe dei
Passou momentos difíceis
Mas não me botou na lei

Confiado na vitória
Eu achava tudo bem
Mas já me faltava carinho
Que antes eu tinha alguém
E um dia após outro
Eu comecei a perceber
Eu não consegui mais nada
Agora era só perder

Meu armazém foi queimado
Não sei como isso se deu
Aquilo foi muito triste
Algo que me comoveu
O capital que eu tinha
Em negócios foi sumindo
Eu fui ficando sem nada
Eu não estava mais dormindo

Comecei a ficar doente
Sem ninguém pra me olhar
Os filhos se ausentaram
Não vinham me visitar
Aí me lembrei da ex
Se ela estivesse ao meu lado
Eu não correria perigo
Ela iria me cuidar

Deitei sobre minha cama
Em um lençol mal lavado
E comecei a meditar
Um pouco do meu passado
Veio na minha memória
Cheiro de roupa cuidada
Aí lembrei o capricho
Da minha mulher amada

Naquele meu desespero
Veio o sono me roubou
Naquela paz, tive um sonho
Sonhei com Nosso Senhor
Ele me disse: meu filho,
Eu dei de tudo a você
Como agradecimento
Você nunca foi à igreja me ver

Agora se encontra doente
Eu vim sem você pedir
Tive muita compaixão
Vou tirar você daqui
Eu perdoo seus pecados
Você não sabe o que fez
Espero que mude de vida
Não haja assim outra vez

Quando ganhar qualquer coisa
Agradeça a quem lhe deu
Que seja um grão de areia
Mas você ia receber
Isso prova que alguém
Tem lembranças de você
Como hoje estou aqui
Eu vim do céu pra te ver